ハヤカワ文庫 SF
〈SF2109〉

宇宙英雄ローダン・シリーズ〈536〉

中継基地オルサファル

マリアンネ・シドウ＆エルンスト・ヴルチェク

渡辺広佐訳

JN211672

早川書房

7903

日本語版翻訳権独占
早　川　書　房

©2017 Hayakawa Publishing, Inc.

PERRY RHODAN
ZWISCHENSTATION ORSAFAL
KARAWANE NACH MAGELLAN
by
Marianne Sydow
Ernst Vlcek

Copyright ©1982 by
Pabel-Moewig Verlag GmbH

Translated by
Hirosuke Watanabe
First published 2017 in Japan by
HAYAKAWA PUBLISHING, INC.
This book is published in Japan by
arrangement with
PABEL-MOEWIG VERLAG GMBH
through JAPAN UNI AGENCY, INC., TOKYO.

目次

中継基地オルサファル

中継基地オルサファル

マリアンネ・シドウ

登場人物

ペリー・ローダン……………………宇宙ハンザ代表
ジェン・サリク………………………深淵の騎士
フェルマー・ロイド…………………テレパス
グッキー………………………………ネズミ＝ビーバー
イルヴァ………………………………《トレイガー》乗員。新アルコン人
ガルヴァク……………………………同乗員。アラス
バルバロッサ…………………………同乗員。スプリンガー
クリンヴァンス＝オソ＝メグ
ラフサテル＝コロ＝ソス
}……ポルレイター

1

「ぼくらのために快適な環境は探せないのかい？」グッキーが不満げにたずねた。

隣りにすわってスクリーンを見ていたペリー・ローダンは、

「われわれ、ここで休暇をすごそうってわけじゃないんだぞ」と、つぶやく。「それに、友たちはここが気にいったようだ。まさにこの風景にあっていると思わないか？」

グッキーは黙っている。しょっちゅう雨が降る惑星オルサファル地上の光景が不快なのだ。とはいえ、ポルレイターが暑さと湿気が嫌いでないことは認めざるをえない。それどころか、活動体で艦外を歩きまわるようすは、以前よりも生き生きしている。その外観は巨大なザリガニのようで、ぬかるんだ平地と右にある湿地ジャングルを背景にすると、オルサファルの原住種族といってもおかしくないくらいだ。

目下、ほぼ二百人のポルレイターが艦外にいる。かれらの多くは、外に出て大空のもとで動けることにすっかり夢中になっているように見える……とはいえ、オルサファルの場合は〝大空のもと〟という表現には値《あた》いしない。ずっとグレイの雲が垂れこめているから。

「かれらはここが気にいって、ずっといようと決めるかもしんないよ」グッキーがつぶやく。「だとしたら、あんた、失敗したかもね」

「ポルレイターが何者なのか忘れているぞ」ローダンがしずかにいいかえす。

「ふん」と、イルト。「ぼかあ、当然わかってるさ。でも、かれらのほうこそあやしいよね。そのことを忘れてないって、だれがいえるんだい？」

「ポルレイターのことが好きではないのだな？」

「そんな問題じゃない」イルトがいいかえす。「ただ、考えちゃうんだよ。かれらがぼくらに秘密を持ってるかもしんないって」

ローダンがかすかに笑い、

「かれらをスパイできないから、感情を害しているんだな」と、決めつける。

グッキーは怒ってシートから跳びおり、

「ぼかあ、自問するね、いつになったらあんたがもっと経験を積むのかって！」

「もういいから」ローダンがなだめるようにいったときには、イルトはすでにテレポーテーションしていなくなっていた。

ローダンはふたたびスクリーンのほうを向く。さらなるポルレイターが艦から出てきて、ぬかるんだ地面を人間の歩く速度で行進していた。無秩序にいりみだれて移動している。だれかと遭遇すれば、たいていはすこしだけ歩みをとめ、はさみ状の手を振って挨拶をする。それから、先へと進む。

かれらのふるまいは奇妙な印象をあたえた。二百万年このかた、絶対的孤独のなかで生きてきたこと、さまざまな自然物に統合されてほぼ完全に動けないでいたことを考えれば、たがいに話をしたくてしかたないだろうと思ってしまうのだが。最初は、ときにそういうこともあった。しかし、人間が同席しているところでは、同胞のだれともひと言もかわさないポルレイターもいる。

フェルマー・ロイドがキャビンにはいってきた。カップ一杯のコーヒーをとり、疲れたようすでシートにすわりこむ。

「おかしな同時代人たち」と、つぶやく、「あの人々をどう考えたらいいのか、わかりません！」

ローダンはしかたないといいたげに、

「われわれ、ポルレイターに対しては忍耐強くならなければ。はてしなく長いあいだ、隔離されて生きてきたのだ。いまになっていきなり活動体を使うのは、大変なことであるにちがいない。それに慣れれば、われわれに対してもっとオープンになるだろう。かれらは、結局のところ、最初の一歩を踏みだしたのだ」

「われわれがここ球状星団M－3において、もうつらい思いをしなくていいように、かれらが気を配ったと思いますか？」

「そう認めざるをえないだろう。ほっとしたよ。きみたちミュータントは能力を使うことができるし、細胞活性装置は非の打ちどころなく作動している。この宙域の宇宙航行は、もはや生命にかかわるような冒険ではない」

「もしかしたら、事情はまったく異なるかも」フェルマー・ロイドが推測する。「そうしたことすべてには、まったくべつの原因があるかもしれません」

「ばかな！」ローダンが怒ったようにいう。「二週間前、ダルゲーテン二名がポルレイターを次々と活動体にもどす手助けをはじめた、まさにそのときから、M－3の状況が正常化したのだぞ。それを偶然だと思うのか？」

「断じてそうは思いませんが」テレパスが考えこみながら答える。

「ポルレイターは、われわれを友だと認識している」ローダンが語気を強める。「だから、太古の防御システムが作動しなくなるよう手配したのだ」

「ええ、それは考えられます」と、テレパス。「しかし、われわれのためにというより、自分たちの利点を期待してやっただけかもしれません」

「結果は同じだ」ローダンは怒ったようにはねつける。「いったいどうしたというのか？　わたしには、きみがどうしても、ポルレイターがなにか敵意を持っているといいたがっている気がしてならない！」

「そんなことは、まったく」ロイドはおちつきはらって答える。「かれらのふるまいが奇妙だと思うだけです……しかも、この数日で、どことなく変わってしまったような」

「それは予測されていた」と、ローダン。「かれらは自分たちのあらたな存在形態に慣れようとしている。そのうえ、同胞が二千人ほどしか発見されなかったことに失望したのはまちがいない。もっと大きな生存者グループを、捜索船団に発見してもらいたがっているように見えないか？」

外であちこち歩きまわるポルレイターたちを、考えをめぐらせながら見て、

「オソによれば、七万人がM－3にやってきた」と、低い声でいう。「そのうち生きのこったのは一割くらいだろうと、かれは見積もっていた。しかし、いまや……この数字はかれらにとって、うけいれがたいだろう」

「同胞を失った悲しみで死ぬ思いをしているわけですな」ロイドがいやみっぽくコメントする。

ローダンは振り向き、

「ポルレイターに対してなにを非難しているのか、はっきりいうがいい！」と、かなりきつくいう。「いえないなら、もうあてこすりはやめることだ」

フェルマー・ロイドは曖昧《あいまい》なしぐさをし、

「まったくポルレイターのせいではないのかも」と、ためらいがちに認める。「この惑星はわたしの性にはあいません」

ローダンは相手を凝視して、

「ま、いい」と、いう。クロノメーターを見て、「そろそろ時間だ。ラフサテル＝コロ＝ソスと約束があるのでな」

行こうと、もうからだの向きを変えていたローダンは、突然、振りかえり、

「そもそも、ここオルサファルで、このポルレイターたったひとりしか発見できなかったのは奇妙だと思わないか？」と、つぶやく。「おまけに、コロがつねにひとりだったわけではなかったという証拠もない！」

「ええ」と、フェルマー・ロイドは同意する。「とりわけ奇妙に思えるのは、ここにいるポルレイターのなかで、コロがもっとも社交好きであることです」

「ほんとうか？」ローダンが驚いてたずねる。

テレパスはうなずき、

「しょっちゅう同胞とおしゃべりをしています。とくに、新しく発見された者がくると熱心に」

「新参者はもう多くはいないが」と、ローダンが指摘する。

「それだけいっそう、少数の者を集中的に相手にしているのです」と、ロイドが主張した。

＊

《トレイガー》内は、ミツバチの巣をつついたような騒ぎだ。それはもちろんポルレイターのせいでもあると、ペリー・ローダンは、下に向かう反重力リフトのなかで皮肉に考えた。

全乗員の関心事はひとつしかないように見える。つまり、異人たちと話し、なんとかフロストルービンの秘密を聞きだそうと試みること。ローダンは客人たちに対し、うしろめたさのようなものを感じていた。しじゅう、しつこく質問されるわけだから。目下のところ、自分たちのあらたな生活に慣れること以外、きっと考えていないだろうに。しかし、ポルレイターに多くの時間をあたえられないこともわかっていた。両ダルゲーテンの話から、セト＝アポフィスも、ポルレイターおよびM－3にある太古の施設の重要性を認識していることがはっきりしたから。

ローダンの目標設定はシンプルだ。セト＝アポフィスが手にするより先に、ポルレイターの秘密を探りだすこと。そのためには、M－3中枢部にある新モラガン・ポルドに到達しなければならない。クリンヴァンス＝オソ＝メグによれば、新モラガン・ポルドは、ポルレイターがＭ－３に創設した巨大な五惑星施設だ。そこに、想像を絶する価値を持つ太古のデータがあるにちがいない。

結局のところ、ポルレイターは深淵の騎士の先駆者であり、ローダンは監視騎士団のいわばもっとも若いメンバーなのだ。ポルレイターはかつて、ペリー・ローダンが今日《こんにち》そうしているように、宇宙の平和のために全力で戦った……それゆえ、ポルレイターの秘密を知ることで、場合によっては、宇宙のネガティヴな諸力に一歩先んじることができるかもしれない。

とはいえ、充分に納得できていないことがひとつあった。ポルレイターはいまなおこの秘密に通じていて、まだほんとうには信頼できないテラナーに対し、意図的に黙っているのか……あるいは、新モラガン・ポルドが宇宙の未来にとってなにを意味するのか、かれら自身、忘れてしまっているのか？

どうであれ、不信感のようなものがあるのなら、とりのぞかなければならない。そして、ポルレイターがもはや正確なことをおぼえていないと判明したなら、Ｍ－３中枢部へと誘導してもらい、自分たち自身であちこち見てまわらなければならない。時間が切迫していた。両ダルゲーテンは、セト＝アポフィスがすでにＭ－３になんらかの方法で存在しているという生きた証拠だ。超越知性体がどれほど多くの工作員をすでに出動させたのか、だれも知らない。ひょっとしたら、ポルレイターの秘密帝国はとっくに征服され、いままさにこの瞬間、セト＝アポフィスが古代の秘密を利用しているかもしれないのだ。

ラフサテル＝コロ＝ソスのキャビンがあるデッキに到着した。このポルレイターは、考えられないほど長い年月、暑い沼地にそびえる岩山のなかに統合されていたというのに、活動体への移行が非常にすばやくスムーズにいった。そのため、ローダンはとっさに決心し、オルサファルをM－3内の集合ポイントにしたのだ。活動体にはいったポルレイターは、この惑星を快適に感じるらしい。かれらはわかっている……よりにもよってこの惑星を集合ポイントに決めたことで、テラナーは犠牲をはらったのだと。その事実がポルレイターになんらかの決断をうながすだろうと、人々はいずれにせよ願っていた。なんといっても、ポルレイターは深淵の騎士の先駆者だ。テラナーの前向きな苦労をかんたんに無視するはずがない。

要するに、われわれは信頼の共通基盤をつくりさえすればいいのだ……と、反重力リフトをはなれてコロのキャビンにおもむきながら、ローダンは考える。

この考えがかれにあらたな勇気をあたえた。グッキーとフェルマー・ロイドの態度を思いだしたが、すぐに笑ってすますことができた。あのような不快感をもってこの件にあたっても、当然なにも生まれないだろう。ポルレイターはポジティヴに過ごさなければいけない。

コロのキャビンにつく。グッキーとフェルマー・ロイドがそばにいれば、これから自分が目にするものを、かれらも見ることができるのだが。ドアは開けはなたれ、ポルレイターが待ちうけていた。なにかかくしごとをしている生物が、このような行動をとるだろうか？

「どうぞ」ポルレイターがいくぶん耳ざわりな声でいう。「わたしに質問があるとか」

ローダンは椅子を探すが、見つからない。活動体にはいったポルレイターは、そういうものを必要としないのだ。床の敷き物で充分であり、コロもそのようなところに横たわっている。腕と脚をからだの下で折りたたみ、上体をなかばひっこめていた。眠そうで、緩慢な印象だ。頑丈な顎、幅広の歯のない口。その上に、円形に配置された八個の青い目がある。じっとテラナーを見つめているが、この視線を解釈するのは困難だ。

ローダンはすぐにポルレイターの前の床にすわり、

「そうだ」と、おちついていう。「たずねたいことがある。われわれテラナーは、フロストルービンについてなにかわかるのではないかと考え、M－3にやってきた……そのことはとっくに知っていると思う。その答えを探すにあたり、あなたがたの助けを期待しているのだが」

コロは動かない。

「あなたがたが時間を必要としていることは理解している」テラナーはつづける。「半永久的に待った身からすれば、われわれがとてもせっかちにうつるかもしれない。が、これからする質問とそれに対する答えは非常に重要なのだ……われわれにとってだけではなく、この宙域に住む全種族にとって」

まだコロは黙っている。

「ポルレイターは長いあいだ、平和を守る番人だった」と、ローダンはややべつのアプローチを試みる。「大きな責任をになわなければならず、結局のところ、その責任に倦《う》んでしまった。ネガティヴな諸力に対する戦いをほかの者たちにゆだね、隠遁した。後継者たちもよくやったが、いまや、ほとんどは死んでしまった。その戦いをふたたびひきうけるよう、だれもあなたがたにもとめたりはしない。われわれ、ポルレイターの直接の助けがなくとも戦いぬくつもりだし、そのことに関するあなたがたのすべての決定を尊重しよう。しかし、あなたがたの持っている情報が必要なのだ」

「大昔の情報だ」コロが否定的につぶやく。「すべてが変わってしまったかもしれないのだぞ？　ま、この場合、そのことはなんの意味もないが……」

「なにかが変わったかどうか、われわれには判断できない」テラナーは訴えるようにいう。「判断するには、かつてどうだったかを知らなければ！　当時、なにが起きたのだ？　あなたはそこに居あわせたのか？　おぼえているか？」

「もちろん」

「話してくれ！」

「話しても、助けにはならない」

ローダンは忍耐を失いそうになりながらも、

「それでも、やってみる価値はあるのでは？」と、いってみる。

「まったく時間のむだだ」と、コロ。活動体を起こし、手足を順々に動かすと、こう判断する。「わたしがここで手にいれた活動体は、特別いいモデルではないな。まもなく使い古しになるだろう」

「話題をもどそう」ローダンが提案する。「あなたには多くのことを語ってもらえると、確信している。フロストルービンからはじめよう。そもそも、それはなんなのだ？」

コロはテラナーをじっと見て、

「知らないのか？」

「遺憾ながら」

「おもしろい」と、ポルレイターはいい、ドアのほうへ進む。

「ここにとどまってくれ！」と、ローダン。「われわれ、まだまったく話をしていない」

「いま、している」ラフサテル＝コロ＝ソスは、振りかえることなく、おちついていい、出ていく。

「まったく……」テラナーは怒ったようにつぶやくが、すぐに黙る。目の前でグッキーが実体化したのだ。

「で？」と、イルトがたずねる。「うまく話ができたかい？」

「すばらしく！」ローダンは皮肉に答える。「ついでだが、背後でくんくん嗅《か》ぎまわられるのは、わたしの好みじゃない」

「じゃ、消える」

「いや、ちょっと待ってくれ……」

しかし、遅すぎた。感情を害されたネズミ＝ビーバーは消え、ローダンがなにを望んでいるのかをわかっているにもかかわらず、もどってこなかった。

「子供じみた態度をとるんじゃない！」ローダンは大声でいう。「わたしは、オソが艦内にいるか、あるいは外にいるのかを知りたかっただけだ」

なんの反応もない。

「なら、いい」テラナーは不機嫌につぶやき、自分で探しにいく。

コロとの奇妙な会話から、しだいにたちなおってきた。もちろん、コロのふるまいが奇妙だったことは疑問の余地がない。しかし、あとになってローダンは、コロの反応が最初から同族のだれよりも無愛想だったことに気づいた。ポルレイターたちはつらい運命を経験したのだ。その何人かがある種の変わり者になってしまったとしても、理解できなくはあるまい？　そう考えると、すこしは気休めにはなる。

さいわい、クリンヴァンス＝オソ＝メグは、この時刻に散歩に出かける気にならなかったようだ。ローダンが到着したとき、キャビンにいた。さっきのコロとほとんど同じ姿勢でしゃがんでいる。しかし、ローダンがはいっていくと、すぐさま立ちあがり、歩みよってきた。はさみ状の両手を親しげに振りながら、

「訪ねてくれてうれしい」と、告げる。

ローダンは安堵の吐息をつく。推測は正しかったのだ。ポルレイターたちは万事、問題なくすごしている。コロが不機嫌だったとしても、べつになんの意味もない。

「捜索活動はつづけられている」と、ローダンはオソにいう。「とはいえ、あなたたち種族のさらなるメンバーを発見できるという過度の期待はいだいていないが」

「そのことは聞いている」ポルレイターはしずかにいう。

「われわれが最初にかわした会話にもどりたい。近いうちに、あなたがたを新モラガン・ポルドに連れていくと約束したな。フロストルービンに関する情報があるのだろう。いまこそ、その約束をはたすときだ」

「それは……」と、オソは用心深い。

「時間がさしせまっている」テラナーが迫る。「先のばしにすれば、セト＝アポフィスがわれわれよりも先に目的地についてしまう……もう、遅すぎるかもしれない」

「いや、いや」オソがはねつける。「新モラガン・ポルドにはだれもはいれない」

「そうかんたんに確信していいものか。超越知性体を過小評価してはいかん」

「そのとおりだ」オソは同意するが、突然、心ここにあらずといったようすで、「それはほんとうに許されないこと」

「可及的すみやかに、出発することを提案する」ローダンは力説する。「艦隊を呼びよせて……」

「それは不必要だ」と、ポルレイター。

「どういう意味だ？」テラナーは不審そうにきく。

「あなたがたの宇宙船で旅するのは、快適ではないのだ」オソはためらいがちにいう。

「できれば、新モラガン・ポルドからの迎えの輸送船を待ちたい。そのほうがわれわれの要求にそうものなので」

ローダンは驚きのあまり茫然とし、

「その輸送船とやらは、すでに要求したのか？」と、やっときく。

「した」

「いつ？」

「しばらく前に」と、オソ。

「で、どのくらい待つつもりだ？」

「正確には、まだなんとも」

テラナーは啞然としてかぶりを振り、

「きみ自身、可及的すみやかに五惑星施設を訪れたかったのだな！」と、ポルレイター
に思いださせる。

「それは、ずっとそうだ」オソが真剣に答える。「しかし、テラナーの手でさらなる生存者が発見されることも、まだ願っている。われわれ、あわてるべきではない」

ローダンはかなりの時間、黙っていたが、

「いいだろう」と、ついにいう。「その答えはうけいれなければ。しかし、われわれのとりきめの、あとの半分はどうなる？　フロストルービンの情報のことだが？」

「そのことに関しては、まもなくわかるだろう」ポルレイターははぐらかす。

ローダンは考えをめぐらせながら異人を見つめ、

「質問をやめるつもりはないぞ」と、いう。「真実を知りたいのだ……その権利があるはず。わたしは深淵の騎士なのだから。断じて、そのことは忘れないように！」

「おぼえておこう」オソが約束する。

テラナーはあきらめ、無言で踵《きびす》を返し、キャビンを出た。通廊で立ちどまり、あたりを見まわす。

多数のキャビンのドアが開いたままになっている。ここに滞在するほとんどのポルレ

イターが艦をはなれているのだ。外でなにをしているのだろうか？

オソがいったことを考えた。ポルレイターは五惑星施設に輸送船を要請したと。古来の防衛システムを作動しないようにしたのも、明らかだろう。しかし、どうやったのだろうか？

かれらが使える手段は活動体だけであり、コロのいた山とそこに属する基地ははるかに遠いので、可能性はたったひとつしかない。ポルレイターは、メンタル手段で施設と連絡をとることができるのだ。あるいは、だれかがこの山におもむいたのか？　だとしたら、いつ……それに、なぜだれもそのことに気づかなかったのか？

ローダンは《トレイガー》の司令室へ急ぎ、幹部スタッフによる作戦会議を開くよう指示した。

2

集まったのは、かなりぴりぴりしたグループだった。ローダンが驚いたことに、今回は、最初に思いをぶちまけたのがグッキーではなく、ジェフリー・アベル・ワリンジャーで、それは好ましくない兆候だった。

「捜索活動を中止すべきでは」と、科学者はいう。「ポルレイターをさらに説得するのは無意味です。かれらはなにも犠牲にしたくないようだし、それを強いることはわれわれにはできません」

「で、きみの提案は?」と、ローダン。「かんたんにあきらめるわけにはいかないことは、わかっているはず」

ワリンジャーは自信なさげに、

「新モラガン・ポルドを独力で探すというのは?」と、いう。

「それはかなりの時間を要するでしょうね」ジェン・サリクが懸念を表明する。

「ちょっとした幸運があれば、案外早く見つかるかも」ワリンジャーがかわす。「艦隊を派遣します」「ポルレイターの意に反して五惑星施設に到達できるとは、わたしには思えないのだが」と、ローダン。

「いまの段階では、それはなんとも」

ローダンはかぶりを振り、

「ポルレイターがなんらかの方法で防衛システムを無効化したことは、ほぼ確実だろう」と、説明する。「たったいま、オソから聞いたのだが、われらが友たちは輸送船を要請したらしい……新モラガン・ポルドに。われわれ、ポルレイターが思うままに中央施設と連絡がとれるという前提から出発しなければならない。真偽のほどは、いまは証明できないが」

「遅くとも、輸送船とやらが到着した時点ではっきりするでしょう」ラス・ツバイがコメントする。

ローダンが同意をしめし、

「だが、船が姿をあらわさなければ、反証もできない」と、つづける。「当該の宇宙船はもはや飛行不能かもしれないし」

「それは想像しかねます」ワリンジャーがつぶやく。「もちろん、若干の故障はあるでしょう。しかし、完全に動かないことは……ありえません。ポルレイターは永遠を見すえて計画をたてています」

「まさに、わたしもそう思っている」と、ローダン。「指示をうけた船の一部がここに到着すれば、われわれ、ポルレイターを正常とみなすことができる。それに対して、一隻もこなければ、この件はいっそう疑わしくなるだけだ。まさか、われわれがペテンにかけたなどと考えているわけではないと思うが。かれらにはそうする理由がないだろう。ジェン・サリクとわたしは最後の深淵の騎士だ。ポルレイターは、われわれが後継者だと知っている。積極的に支援する気はないとしても、こちらの努力を妨害することもないだろう」

そういって、ジェン・サリクを見つめた。この男だけは、ローダンがなんのことをいっているのかよくわかっている。サリクの目は、まさに同意をあらわしていた。そのことが、ローダンをおちつかせた。

「きみたち全員にききたい。目下、ポルレイターをどう思っているか」ローダンはつづける。「どういう印象をいだいている？　この生物になにが起こっているのだろう？」

全員が順番に意見を述べた。それを聞いてローダンは、これまで表明していなかったある考えを強くした。つまり、ポルレイターはなにかをかくしているのではないか。しかし、悪意があってそうしているのではない……すくなくとも、それが中心を占めてはいない。明らかに反抗的なポルレイターもいるにはいるが、そのほかの者はむしろ、当惑しているような印象をうける。ローダンの疑惑だけではなく、ほかの幹部スタッフの考えも適切に述べたのは、アラスカ・シェーデレーアだった。

「解放されたとき、ポルレイターは大よろこびでした」と、たどたどしく説明する。「われわれのためになんでもしようと思っていたはず。なのに、態度が変わったのです。その責任がこちらにあるとは思いません。われわれ、かれらに対してきちんとした行動をとってきました。そもそも、拒否される理由はありません。かれらは心にふくむところがあるのではないかと思います。もはや中央施設に到達できないとわかってショックをうけたか、あるいは、認めたくないなにかがそこにあるのを発見したか。ポルレイターは太古の監視者種族です。その目の前に突然、自分たちの後継者があらわれた。永遠を念頭にした計画をたてていたかれらにすれば、その計画になにか誤りがあった場合、きっと深淵の騎士ふたりに対して、それを好んで認めたくはないでしょう」

寡黙な転送障害者にしては長い発言だった。ローダンは考えをめぐらせながらマスクの男を見つめ、

「われわれはなにをすべきだと思う?」と、低い声でたずねる。

まったく不意にグッキーが発言をもとめ、

「自制することだね」と、明るい声でいう。

ローダンはネズミ＝ビーバーがそのつづきを発言するものと期待して待ったが、グッキーはそれ以上なにもいわなかった。

「なぜだ？」と、ついにたずねてみる。

グッキーは聞いていないようだ。髭《ひげ》がかすかに震え、黒い大きな目は無限の彼方を見ている。

「ポルレイターが変化したからさ」と、ようやくいう。「なにかが起こってる。くそ、この生物をテレパシーで完全に調べられればなあ！」

ローダンは無意識にフェルマー・ロイドを見る。しかし、目下ロイドも放心状態だ。

「かれらがここでなにをしてるか、ぼくらはわかんない」グッキーが小声でいう。「自分で見てみなよ」

一スイッチが、幽霊の手で動かされたかのようにその位置を変えた。ここにいるだれもそれを不気味に思わない。グッキーがテレキネシスでやったのだとわかっていたから。

一スクリーンが明るくなり、《トレイガー》の周辺をうつす。ポルレイター数百人が艦の近くを動いている。ほかの宇宙艦のまわりにも似たような群れがいた。

「ポルレイターたち、艦をはなれている」と、グッキー。「理由はきかないでおくれよ、ぼくらがテレパスだからって。ぼくらもわかんない。充分に近づけないんだからね……比喩的な意味だけど。かれらがなにをどの程度かくしてるのか知らないけど、いま見ている光景は、まったく無害なものだと説明できるのかもしんない」

「だが、そうでないかもしれない」ワリンジャーがつぶやく。「たとえば、要請した輸送船がすでに向かっているとか。艦隊を呼びよせるべきです、ペリー！」

「なんのために？」ローダンがいぶかしげにたずねる。

「オルサファルの周囲に配置するためです」ワリンジャーはいらいらしていう。「われわれ、かれらが飛びさるのを阻止しなければなりません」

「そんなことはしないだろう！」

ふたりの男はにらみあう。

「わたしにはわかりません」とうとうワリンジャーはつぶやき、疑わしげにかぶりを振る。「ポルレイターたちに対して、もっと疑念を持つべきだとは思わないのですか？」

「思わないな」ローダンがしずかにいう。

「それは手ひどい誤りかもしれません。われわれ、この生物の信頼を失うことは許されないのですよ」

「いったい、そんなものがあるのか？」

「どういう意味です？」

「おい、きみはいま、かれらの信頼を失うことは許されないといったではないか。そもそも、失うものがあるのかどうか、知りたいものだ！」

ローダンは嘆息し、たずねるようにジェン・サリクのほうを見る。

「ひょっとしたら、われわれ、かれらをそれぞれちがう目で見ているのかも」深淵の騎士が笑みを浮かべていう。「わたしには、ポルレイターがわれわれをだますなど想像もできません。かれらには特異性があり、それは尊重しなければならない。しかし、こちらをたぶらかすようなことはしません」

ローダンはほっとしてうなずき、

「では、待つとしよう」と、いう。スクリーンを見て、「いまのところ、かれらがわれわれのところをはなれたがっているようには見えない。ただ無意味に歩きまわっているだけのようだが」

*

オルサファルは赤色巨星を周回する二惑星の外側惑星である。星系はM－3の外縁にあり、複合艦隊の現在ポジションから、わずか十二・五光年しかはなれていない。湿地の多い惑星で、これといった大陸はないが、無数の島がある。重力はちいさく、気温は高い。十四・二時間という非常に早い周期で自転している。オルサファルの短い昼は霧でかすみ、同様に短い夜には、空に奇妙な光学現象が幽霊のようにあらわれ、惑星に独特の光を投げる。即物的な宙航士たちは、自分たちがいる大きな島を〝幽霊島〟と命名した。オルサファルは不気味な惑星だ。多湿のあまり、霧がたちのぼり、奇妙な生物はいるし、したたるほどじめじめしていて、まわりで豪雨が音をたてる。湿地の森では朽ちはてた太古の建物の残骸が発見されたが、何者がつくったのかわからないし、オルサファルにもとから知的生物がいたなどとは、だれも想像できなかった。

　ジェン・サリクが《トレイガー》をはなれたのは、現地時間の正午ごろだ。しかし、恒星は雲の背後にあり、明るいしみほどにも見えない。じめじめした暑い大気が吹きつけ、すこしのあいだ呼吸ができなくなる。実際には雨など降っていないにもかかわらず、数秒で全身ずぶぬれになった。

　湧きたつ霧を通してポルレイターたちのようすをうかがい、なにがかれらを外へと駆りたてるのかと自問する。その自問がまた、ポルレイターと活動体との結びつきはどれくらい密接なものなのだろうかという疑問につながった。ポルレイター自身は熱気や湿気をまったく感じないのかもしれない……あるいは、そのような条件が気にいっているのか。

　湿気を顔からぬぐう。そんなことをしても、すぐにあらたなしずくが落ちてくるので、まったく無意味なのだが。泥沼状の地面に足を踏みだす。二歩進んだところで、くるぶしまで沈み、悪態をつきそうになるのをぐっとこらえた。

「もっと快適な惑星を探すことができたろうに」怒りをあらわにつぶやく。「これじゃまるっきり、サウナだ!」

不気味なくすくす笑いが背後で響く。振り向くが、だれもいない。おのれに腹をたて、先へと進む。もうだまされないぞと思っていたのに、またもやだまされたから。その笑いがなにを意味するのか、だれも知らない。ときおり聞こえるのだ。くすくす笑いだけなら、運がいいともいえるだろう。世慣れた宙航士でさえ本能的に逃げだすような、いやな遠吠えやうなり声が、いきなり聞こえることもある。オルサファルではそれが厄介なことになりかねない。宇宙艦のすぐ近くなら、人間をのみこむほどのぬかるみもないし、おとなしく食べられる気は人間にはないと思い知った、罠をしかける巨大な生物……動物なのか植物なのか、だれも正確には知らない……も退却していた。それ以来、陸地はほぼ安全な場所になっている。が、沼に落ちれば、すぐさま何ダースもの、人肉へのはげしい食欲を発揮する小動物にさらされる覚悟をしなければならない。

オルサファルはお世辞にも快適な惑星とはいえないのだ。

そのことを、ポルレイターたちはまったく気にしていない。ひどく元気にあたりを動きまわっている。もちろん、土着の生物にもほとんど悩まされていない。

ジェン・サリクは、外で楽しんでいるグループのひとつに到達した。五十人ほどのポルレイターが、見ぬくのがむずかしいパターンにしたがって動きまわっている。ステップを踏み、だれひとりとして声を発しない。せまくかぎられた場所にいるので、多数の足によって地面はすでに乱されていた。たがいにはなれたがっていないのは明らかであると同時に、たがいのじゃまにならないようにしている。

それを観察していたジェン・サリクは、異種族の宗教儀式の舞踊を思いおこしたが、ポルレイターが踊ろうという意図を持っていないのには確信があった。かれらの行動にはまったくべつの理由がある……だが、いかなる理由か？

さらに近づき、外側のポルレイターたちのあいだにはいる。拒絶的な反応を予想しながら、ついに、闖入者《ちんにゅうしゃ》のようにこのグループのなかにまぎれこんだ。

しかし、ポルレイターはサリクをあっさりと仲間にいれた。同胞たちに対しての行動と同じく、こちらのじゃまにならないように動いている。

「ここでなにをしているのだ？」サリクは大声でたずねた。

返事はない。要するに、ポルレイターは闖入者を気にかけていないのだ。

かれらのひとりに近づこうと試みる。その者が立ちどまり、なにか話しかけてくるのを待とうと……あるいは、すくなくともこちらのいうことを聞いてもらおうと。しかし、一ポルレイターに近づき、ある隔たり以上に接近すると、相手は遠ざかり、すぐに群れのなかに姿を消す。

とうとう、ジェン・サリクはあきらめた。ポルレイターが目下、こちらにかかわることを拒んでいるのだと理解するしかない。

しかし、まだほかにもたくさんのグループがあった。熱心にあちこちでワルツを踊っている異人たちをあきらめ、べつのグループを探しにいく。そんなに先に行く必要はなく、次のグループに到達し、ほっとする。

このポルレイターたちは、すくなくとも、サリクがこっそり名づけた〝ワルツ〟は踊っていない。ただ散らばってぼんやりしているように見えた。さらに接近してみると、たいていのメンバーがはさみ状の両手で地面を手探りしているのだとわかった。まるで、なにかを探しているかのように。ときどきだれかが手をあげ、泥の塊りを、あたかも高価なダイヤモンドであるかのように、あらゆる方角から観察する。それを慎重に地面に置き、さらに手探りしつづける。

「聞いてくれ」ジェン・サリクはポルレイターのひとりに話しかけた。「われわれ、あなたたちのことを心配しているのだ。艦外に出ているので」

「禁じられているのか？」ポルレイターが無愛想にいう。

「もちろん、そんなことはない」深淵の騎士はあわてて、「あなたたちは、思いのまま行動できる」

「つまり、なにも問題ないのだな」

「とはいえ、オルサファルが危険な惑星だということは考えるべきだと思うが」ジェン・サリクはつづける。「なにかに襲いかかられると……」

「われわれには、なにも起こらない」ポルレイターが話をさえぎる。「右足をあげてくれ」

　ジェン・サリクは当惑しながらも、したがった。ポルレイターはその足もとの沼地にはさみ状の手を慎重にいれ、すこしばかりの泥を持ちあげて目の前に持っていき、くわしく観察し、もどそうとする。そのあいだ、サリクは動きをとめていたが、ふたたび両足で立った。

「足を高くあげて！」奇妙な生物が命令する。

　ジェン・サリクはため息をつきながら、なりゆきにまかせた。

「なぜ、そんなことをしているのだ？」と、質問。

「楽しいからだ」と、異人が説明する。

「わたしには、ついていけない」深淵の騎士は白状する。「あなたたちが長い囚《とら》われ状態のあと、足もとに地面を感じたい、風や天気を味わいたいという欲求を持つのなら、それはよくわかる。いま、ふたたび動くことができるようになったのだから。狂ったように走りまわりはじめたとしても、理解できるだろう……しかし、ここでぼんやりと土くれを見つめることに、どんな意味があるというのか？」

「いつだって、ひとつずつ、とりくまなければ」ポルレイターが瞑想するようにいう。

「すべてのものには秩序があるのだから」

最後の言葉は耳を聾《ろう》する雷鳴にかき消された。ジェン・サリクは空を見あげる。いつものようにグレイだが、かなりはなれたところで、稲妻が地上に向かってはしった。

「さ、艦にもどったほうがいい」ポルレイターに向かって大声でいう。「数分後に、ここも大嵐になる」

「気にすることはない」と、異人。「われわれ、それを待っているのだ」

ジェン・サリクはもうなにもいわず、背を向ける。《トレイガー》に急いでもどろうとしたが、当然ながら無理だった。雨が降りだしたとき、エアロックまでまだ四十メートルほどあった。やがて、どの惑星でも体験したことのないような大雨となった。土砂《どしゃ》降《ぶ》りで、息をするのにも苦労する。そのうえ、またたく間に真っ暗になった。きらめく稲光で、なんとか方向を確認するが、たちまち膝まで水がきて、暗闇のなかを徒渉することになる。

エアロックにたどりついたときには、数キロメートル泳いだような感覚だった。エアロック監視役の宙航士が、まるで幽霊でも見ているような目つきをする。ジェン・サリクは暗澹《あんたん》たる気持ちで、自分のまわりの大きな水たまりを観察し、

「たのみがある」と、宙航士にいう。

「よろこんで」

「タオルと着替えをとってきてくれないか」

男は急いでその場をはなれる。ジェン・サリクは振りかえり、《トレイガー》のまわりで轟音《ごうおん》をたてている大量の水を見つめる。外を歩いていたポルレイターたちのことを考え、かぶりを振り、

「どうかしている」と、つぶやいた。

3

「こんど水浴びをしたくなったら、シャワー室を使うべきだな」ジェン・サリクがはいってくると、ローダンがコメントした。

深淵の騎士は当惑の笑みを浮かべ、

「どうかしていました」と、認める。「しかし、ポルレイターの前に防護服姿で出向くのはよくないと考えたのです。不必要な隔たりをつくるだけでしょうから」

「溺死していたかもしれないのだぞ、わが友！」

「それほどひどくはありませんでしたよ。そんなことグッキーが許さなかったでしょう」

ペリー・ローダンは納得したように、

「たしかにそうだ」と、つぶやく。「で、なにかわかったのだろうか？」

「この問題には、まったくかんたんな解決策があると思います」

ジェン・サリクはそういい、ポルレイターたちとの遭遇に関して報告する。

「かれらはあまりに長く隔離されていました」と、締めくくった。「それがすべてです。おそらく、活動体に慣れなければならないことも関係があるでしょう。かんたんな練習を通して活動体の調整をはじめ、特定の動きを習得しようとしている。その辺の物質を触り、観察することで、アンドロイド体をテストしているのです。だから、もちろん、自然の猛威がもたらす影響もためす必要があります」

「なるほどな」と、ローダンがゆっくりという。「最近の出来ごとに対する説明になっている。ひょっとすると、ポルレイターが新モラガン・ポルドとフロストルービンに関して、われわれをじらしている理由はそれかもしれない。新しいからだをうまくあつかえないままでは行動したくないのだな」

「まさに、わたしはそう考えました」と、サリクがうなずく。

「論理的にやっているのであれば、その辺の物質でテストしたあとは複雑なことがらに移行するだろう」と、ローダン。「どう思う……われわれが用意すべきか？」

「まちがってはいないでしょう。われわれなら、あらゆる可能なエレメントの試験材料を提供できます」

「で、生命のない事物にとどまらない場合は？」

ジェン・サリクはすこし笑みを浮かべ、

「まさか、生きたまま解剖したりはしないでしょう」と、つぶやく。「しかし、ポルレイターは遅かれ早かれ、われわれ人間にも関心をいだくでしょうね。その件については多少、操作したほうがいいかもしれません。そう思いませんか？」

ローダンは考えこみながらうなずき、

「もちろん、そうしたことのすべては、われわれが時間を失うことを意味するが」と、低い声でいう。「本来ならば許されない」

「両ダルゲーテンはどうしています？」サリクがかまわずたずねる。

「目下、《ティルキス》で出かけている。ポルレイターの考えでは、まだ生存者がいるかもしれない惑星がいくつかのこっているから。最新の連絡によれば、あの二名はむずかしい戦いを強いられているらしい。かわいそうに、セト＝アポフィスが集中的に干渉してきているからな」

「それはいいニュースです」

ローダンは当惑して相手を見たが、やがてゆっくりうなずき、

「なるほど、そのとおりだ」と、驚いたようにいう。「工作員をうまく操りたい超越知性体にとり、両ダルゲーテンがきわめて厄介な存在であるのはたしかだ。セト＝アポフィスがさしせまって両者の助けを必要としているのでなければ、ほうっておくだろう。ところが、まったくそうはせず、手段をつくしてダルゲーテンを相手にしている。そうであるなら……」

「結論を急いてはいけません」ジェン・サリクが警告する。「両ダルゲーテンの存在は、ほかにセト《せ》＝アポフィスの工作員がM‐3にいないという証拠にはなりませんから」

「わかっている」ローダンは意気消沈してつぶやく。「セト＝アポフィスは敗北を好まない。超越知性体がダルゲーテンに興味をしめしているのは、あの二名が多少とも自分に抵抗できるという事実ゆえだろう。たしかなことではないが、それでも安心材料にはなる。超越知性体がポルレイターの秘密をすでに手にしたのなら、これ以上ダルゲーテンにかまうとは思えないからな。とはいえ、やはり不安ではあるが」

ジェン・サリクはうなずき、

「われわれ、ポルレイターとうまく折りあっていかなければなりません」と、ゆっくりいう。「これは、ほかのすべての諸問題に優先します。ポルレイターは太古の謎の鍵ですから」

「謎のひとつだがね」ローダンが訂正する。「きみも知っているように、究極の謎は三つある」

ジェン・サリクはかすかな笑みを浮かべ、

「そのとおりです」と、小声でいう。「しかし、鎖の最初の環を見つけたなら、さらなる手がかりが提供されるでしょう。フロストルービンは入口です」

「それゆえ、チャンスをうまく役だてることが重要なのだ」と、ローダン。「いいだろう、ジェン……ポルレイターにとってふさわしい試験材料を用意するとしよう。もちろん、われわれも乗員も、かれらを待ちうけるものに対して準備しなければならない」

＊

オルサファルの短い夜が終わり、ようやく雨も弱まった。暫定的な着陸場は水であふれているが、熱がすぐにその状態を変えた。焼けつくような暴風が水を蒸発させ、まもなく、以前と同じ状況がつくりだされる。ポルレイターたちはまだ外にいた。しかし、すくなくとも一部が動揺しはじめているのは明らかだ。地面をひっかいて探しても、かれらにとって意味があるものは見つからない。自分で掘った穴のなかに完全に見えなくなっているポルレイターもいる。それを見た者はみな、恐怖にとらえられた。次の雨がくるまで、長くはかからないだろう。アンドロイド体は非常に抵抗力があるかもしれないが……大量のぬかるみに埋もれても、まだ機能するかどうかはわからない。

「きみは明らかにかれらとうまくやっている」ローダンがジェン・サリクにいう。「わたしに対しては、はっきりした反応を見せないが」

サリクはかぶりを振り、

「そうよくもないですが」と、いう。「しかし、出ていって、かれらと話すつもりです……すくなくとも、そう試みるつもりです」

この話しあいは《トレイガー》の司令室でおこなわれていた。特殊光学装置にとって、雨や蒸気はなんら障害ではない……ポルレイターたちがどこにいて、なにをしているか、スクリーン上ではっきり認識できる。

「あのなかのだれがオソか、わかればと思うのですが」と、サリクが考えながらいう。

「オソとなら、ほかのだれとよりもうまく折りあえるという印象を持っています」

「目印をつければいいじゃんか」グッキーが背後からぴいぴい声でからかうようにいう。

「目印をつける？」サリクが驚いて、「いったい、どうやって？」

「そんなのかんたんだよ」グッキーがいばって答える。「カラー・スプレーを知ってるだろ？　ポルレイターに名前をたずね、わかったらすぐにそれをカラー・スプレーで背中に書くのさ」

「ああ」と、ジェン・サリクは考えながら、「それはわかる。しかし、ポルレイターたちはそれに対してどういうだろうか？」

「まったく怒らないと思うよ」イルトが真剣に説明する。「かれら自身だってときおり、特定の同胞を見つけだすのに苦労してると思わないかい？」

「たしかにそうかもしれないが、われわれがやってはいけないのではないか？　ポルレイターみずからが、そう決定したのならべつだが」

「ま、ひとつの提案にすぎないけどね」グッキーはつぶやくと、あてつけがましく、からだをまるめた。「ぼかあ、どっちみち、そんな目印は必要ないけどね。だって、外にいるだれがオソなのか、わかるもん」

「しかし、わたしにそれを教えるつもりはない」ジェン・サリクは笑いながら推測する。

「ないね！」と、イルト。

「では、つつしんでお願いしたら？」

グッキーは目を細め、ジェン・サリクをじっと見て、

「ま、いいか」と、ため息をつく。「伝説で、なんていわれてるんだっけ？ 〝最後の深淵の騎士が死ぬとき、星々が消えさる〟だっけ？ あんたのような生物を助けるのは、おそらく名誉なことなんだろうな」

「それは観察者の評価にまかされている」ジェン・サリクがしずかにいう。「きみがそういう気分なら、名誉とみなすことができる。でも、結局のところは、きみが友をよろこばせたいかどうかだと思う。たのむから、いま、わたしの思考を読まないでもらいたい！」

イルトは注意深くサリクを見つめ、

「いいよ」と、ようやくいった。「なんで思考を読んじゃいけないの？」

「いわぬが花さ」ジェン・サリクが笑いながらいう。「せっかくのお願いをひっこめることになる」

「わかった」と、グッキーがつぶやく。

「思考を読まないで、あんたをオソのところに連れていくよ。それでいい？」

「ああ」と、サリクがうなずく。

「じゃ、こちらへどうぞ、騎士！」と、イルト。ジェン・サリクのところまでよちよち歩いていく気はないのだ。

ジェン・サリクはこの戯《たわむ》れに同意し、イルトに歩みより、手をさしだした。

ふたりが実体にもどったのは、多くの同胞とはなれたところにいる一ポルレイターの前だった。

「オソだよ」と、グッキー。「満足かい？」

「ああ」ジェン・サリクは笑いながらいう。「ありがとう、グッキー。艦にもどってくれ。で、われわれをテレパシーで観察しようなどと思わないように」

ネズミ＝ビーバーは雨雲におおわれたオルサファルの空を一瞥《いちべつ》し、

「また、悪天候になったら？」と、たずねる。

「それはきみの裁量にゆだねるよ」深淵の騎士が平然と答える。「とはいえ、やりすぎないことを願っているがね」

＊

「クリンヴァンス＝オソ＝メグだね？」ジェン・サリクは小声でたずねる。

ポルレイターはサリクを注意深く見つめ、

「そうだ」と、しずかにいう。

「提案があって」テラナーは慎重にいう。「あなたがたは、自分たちの能力の活動体の感覚にあわせるために、環境調査をしているのだろう。その手助けをしたいのだ。われわれは、手にはいるかぎりのエレメントの試験材料をつくった。それを提供したい。つまり、あなたがたはそれを好きなように調査できるということ」

オソははさみ状の両腕を組み、考えをめぐらせるようにテラナーをじっと見ていたが、

「ほかの人々は、それに対して、どういっているのだ？」と、突然、きく。「深淵の騎士でない人々は？」

「できればポルレイターを追いはらいたいと、考えている者もいるかもしれない」ジェン・サリクがおちついていう。「しかし、本気でそう思っているわけではない」

「自信はあるか？」

「ある。あなたがたのだれかが危険におちいれば、乗員たちは命をかけて助けるだろう」

「それをたしかめるのはむずかしい。この活動体を危険にさらすのはかなり困難だ。非常に抵抗力があり、ほとんど際限なく再生されるのだ」

「わたしの答えは論理的なものにすぎない。しかし、われわれが友好的な考え方をするという証拠が必要であれば、いくらでも証明できる」

「フロストルービンの秘密を解明するためなら、なんだってやるつもりだな？」

「そうだ」

「なぜ、そんなにせっかちなのだ？」オソがため息をつく。「新モラガン・ポルドに到達すれば、すべてを知ることになる。それで充分なのではないか？」

「ほんとうのところ、なぜそれほど長く待たなければならないのか、理解できない」と、ジェン・サリク。「なにがわれわれを待ちうけているのか、できれば前もって知っておきたいのだ。そうすれば、しかるべき準備ができるから」

「あなたがたは好奇心が強い！」

「それが、なにか？」

「好奇心は未熟さのあらわれだ！」

ジェン・サリクは大声で笑い、

「わたしはすこしちがったふうに見ているが」と、おもしろそうにいう。「テラナーはあなたがたとくらべて、まだ非常に若い種族だ。そういうわれわれに、すべてを知りつくした生物の円熟さを期待しているのか？ われわれには好奇心を持つ権利があるのだ、わが友よ。もっと長く持ちつづけていられればいいと思っている。あなたが好奇心と呼ぶものが、結局のところ、われわれをあなたがたのところへと導いたのだから。われわれの好奇心がなければ、いまあなたは、活動体の姿で目の前にいないはず」

「いいだろう」オソが認める。「その点においては、あたっているところもある。かといって、あなたがたが待たなければならないという事実はなにひとつ変わらない。それをうけいれることだ」

「そうできるとは思わない」

「それは、あなたがたの問題だ。とはいえ、そちらの申し出には感謝する。そろそろ、ひとりにしてもらいたい！」

深淵の騎士は、これ以上ポルレイターの説得を試みても、なんの意味もないとわかった。

ふたたび雨が降りはじめ、ジェン・サリクは、次の土砂降りの前に《トレイガー》にたどりつこうと、急いだ。

*

このニュースはポルレイターたちにすぐにひろまり、サリクがもどった直後からすでに、約束した試験材料を見るために最初の者たちがやってきた。着想のよさがポルレイターたちにもポジティヴにうけいれられたのは明らかだ。危惧されていた混雑や混乱はなかった。第一に、かならずしもすべてのポルレイターが試験材料の調査に従事する段階になかったから。第二に、活動体にはいったポルレイターは規律ある行動をしていたから。

ペリー・ローダンとジェン・サリクは状況をしばらくスクリーンで観察し、満足した。ポルレイターは小グループでやってきて、鉱物や鉱石や金属片をうけとると、それらを次々に手わたしていき、ふたたびしずかに去っていく。

この成功で、艦内の平和も回復した。いまや、ポルレイターたちのあいだで起こっていることがほぼわかり、この知識から理解も生じた。異人の行動を依然として奇妙だと思う者たちもかなりいるが、それが攻撃を呼びさますことはなかった。緊張はとりのぞかれた……ポルレイターは近いうちに適応の段階を克服するだろう。そして、その段階になれば、あとは日程の問題となり、新モラガン・ポルドに向けてコースをとることができるだろう。万事しごく順調に思われた。

ポルレイターはすぐにあらたな学習対象に向かった。それはかなりの速度で展開し、もはや終わる日も遠くないと考えられた。ペリー・ローダンはこの事実を前に、ためらうことなく《ラカル・ウールヴァ》にオルサファルへくるよう指示した。

ポルレイターたちはウルトラ戦艦の到着を冷ややかにうけとめた。さらなる活動が支障なく進行するよう《ラカル・ウールヴァ》にあらたなキャビンを準備したので、できるだけ早くうつるように、と告げると、おちつきはらって聞いていた。このおちつきが、聞く耳を持たぬという態度を特殊なかたちで表現したものだと判明したとき、はじめてあらたな疑念が生まれた。

ポルレイターたちは、ひっこしなど夢にも考えていなかった。テラナーのたのみが聞こえていないかのようにふるまう。それだけではなかった。かれらの学習は、突然、まったくべつの性格を帯びたのだ。

4

　はじめはまったくどうということもなかった。展開を正確に追っていたペリー・ローダンは、ポルレイターたちがもう充分に研究を終えたという見解にいたる。《ラカル・ウールヴァ》ではすべてが準備されていた。いまだにポルレイターたちは、あらたなキャビンにうつる準備をしていないが、ローダンは、かれらを急きたてる精神的なひと押しをくわえようと考えた。そこで、もっとも早く成果が期待できそうなクリンヴァンス＝オソ＝メグからはじめることにした。

　ポルレイターを見わけるのはいまなお不可能だし、活動体はいたるところを動きまわっている。ローダンはグッキーを呼び、オソをテレパシーで探すようたのんだ。グッキーはただちに仕事にかかり、ほどなくローダンのもとへ結果が知らされる。驚いたことに、オソは自室にもどっていた。そんなことはありえないと思ったが、オソがしだいに正常になっているあらわれとして評価できるかもしれない。

　すぐさまオソのところへおもむく。かれはローダンを即座に招きいれた。

「きてくれてよかった」と、いい、右のはさみ状の手を元気よく振る。「いささか孤独を感じていたのだ。すこしあなたと話ができれば、とてもうれしい。すわって、くつろいでくれ。さ、早く！」

テラナーは完全にあっけにとられた。これほど上機嫌なポルレイターを、いままで見たことがない。しかし、ひょっとしたら、やっと真剣に話しあうチャンスが訪れたのかもしれないと考え、いわれるままにしたがう。

オソは、なぜかこのキャビンにとどいている肘かけ椅子にローダンを押しやった。

「すわり心地はどうかね？」と、たずね、肘かけ椅子のまわりを、すばやい動きで一周した。「いや、待ってくれ。もっと快適にするから」

そういうと寝床に急ぎ、器用にクッションをつまむと、もどってきて、背もたれとローダンのあいだに押しこんだ。ローダンはあやうく滑りおちるところだった。

「よくなったか？」オソはいい、困ったように、「いや、あなたのすわるところがほとんどなくなってしまった。待ってくれ、すぐにとるから」

そういうと、クッションをすばやくとりさり、

「毛布があるとよさそうだが」と、いう。「うん、たしかにそうだ。ここはすこし冷える。うっかり空調装置の設定をまちがったのだろう」

毛布をひきずってきて、テラナーにかける。不器用にやったので、足先がのぞいてい

た。

このゲームを困惑しながらも泰然と見ていたローダンだったが、もういいだろうと結論する。勢いよく毛布をはがすと、挑発するようにオソをじっと見つめ、「もう充分だ」と、できるだけしずかな口調でいう。「快適で寒くもないし、この椅子はとてもすわり心地がいい。わたしと話がしたかったのでは？　はじめてもらいたい。聞いているから」

「ほんとうに居心地は悪くないのか？」オソが心配そうにたずねる。

「ほんとうだ」

「それはよかった。なにか提供してもいいだろうか？」

「なにを？」ローダンは啞然としてたずねる。

「遠慮にはおよばない」オソは打ち解けた口調でいう。「あなたがたテラナーがなにを好むかは知っている。自動装置を調べたのだ。それがここでも手にはいる。もしたずねられれば、かなり不健康な代物だというしかないが、それがなんだというのだ。ときどきなら、どうということはない。これで……わかったかね？」

ローダンは、ポルレイターがなにを意図しているのだろうかと思い、うなずいた。オソがまっすぐに飲料自動供給装置に向かったとき、真実を予感し、その予感は的中した。オソが合成ウイスキーをうやうやしくすすめてきたのだ。出てくる適量を、どうにかしていじったにちがいない。自動供給装置のボタンを一回押して提供された量が、グラスに満杯だったから。

「さ、飲んでくれ！」オソは大きな声でいい、テラナーの手にグラスを押しつける。そのさい、肩を友好的にたたく。それがいささか力強かったので、テラナーは合成酒の大部分をこぼしてしまった。

オソはなぐさめようもないありさまで、

「わたしはなんと、うすのろなのか！」と、声をあげると、大きなタオルをとってきて、それで床も椅子もテラナーもふいた。

ペリー・ローダンは、自分がいかなる種類の現象とかかわっているのか、しだいに理解しはじめた。

「あなたもこれをためしたのか？」と、たずねる。

「わたしが？」と、相手は怒ったように、「もちろん、ノーだ。こんなぞっとするような安酒を飲みたいなどと思うわけがない」

「では、なぜ、飲みすぎたようなふるまいをしている？」

「おお！」ポルレイターはぎょっとして、「あなたの目にはそのように見えるのか？」

「ああ」と、ローダンはそっけなく答える。

オソはうずくまり、

「わたしにはわからない」と、愚痴をこぼす。「いくら努力しても、探りあてることができない！」

「なんのことをいっているのだ？」テラナーがたずねる。

しかし、オソはすでにおのれの心痛を克服していた。感電したかのように、ふたたびからだを起こした。

「音楽だ！」勝ち誇ったようにいう。「そのとおりだ。どうしてこの不可欠なものを忘れていたのだろう？　もうひとつ、思いついたぞ。光を弱めなければ。もちろん、グラスを置くテーブルも必要だ。すぐに持ってくるから、すこしのあいだ待ってくれ」

「いったいぜんたい、どうしたというのだ？」と、ローダン。笑うべきなのか、感情を爆発させるべきなのか、わからない。

オソはかれのいうことを聞いていないようだった。壁に折りたたまれているテーブルを力ずくでひきはがし、照明センサーにとりくみ、酔っぱらいのごとく不器用な熱心さでスイッチを操作し、テラナーの鼓膜が破裂しそうな音量で音楽を鳴りひびかせた。

「もっとちいさく！」ローダンは大声でいう。

「なにをいっているのか聞こえない！」ポルレイターが大声で返す。「騒がしすぎて！」

ローダンは立ちあがり、ひと跳びで壁に行き、音楽のスイッチを切った。突然の静寂に、聴覚がどうにかなったのではないかと真剣に心配になった。が、背後からポルレイターの心配そうな声が聞こえてくる。

「またしてもまちがっていたのだな？」オソはうちひしがれていた。

「そうではない」ローダンはかれの言葉をうけながす。「アイデアはよかったが、やりすぎだ。以前のようにふつうにふるまえないのか？」

「わからない」と、オソ。

「いいだろう」ローダンは態度を和らげた。「わたしはいまからテーブルにつく。音楽をとめることもできたし、なにか話をしてくれ」

「いい考えだ」オソがほっとしていう。「しかし、ちょっとした音楽なら、害にならないのでは？　ごくしずかな音量なら、不快感をあたえることはないだろう」

ローダンははかりしれぬほど深々とため息をついたが、オソには伝わらない。すでに、オソは行動を開始し、今回はほんとうにやってのけた……しずかな背景音でキャビンが満たされた。

「このほうがずっといい」ポルレイターがほっとしていう。「さ、うしろにもたれかかって、くつろいでくれ。両足をテーブルの上に置きたければ、どうぞ、そうしてもらいたい。家にいるように。なぜ、なにも飲まないのだ？」

ローダンは絶望してかぶりを振り、

「いいか、オソ」と、ため息をつき、「そもそも、そんな気は……」

「それをもう一度やってくれ！」オソは、うっとりしてもとめる。

「なにを？」テラナーはいらいらしてたずねた。

「その動きを！」

かぶりを振ることをいっているのだとわかるまでに、しばらくかかった。

「それはなにを意味するのだ？」二度めの実演のあと、ポルレイターがたずねる。

「いろいろな意味がある」ローダンは忍耐を心がけて説明し、無意識に肩をすくめた。

「拒否、無理解……」

「おお」と、オソは話をさえぎり、「いまやったのは？」

「こんどはなんのことだ？」

「肩の関節をとても奇妙に動かしただろう」

「ああ、あれか」ローダンはつぶやき、耳のうしろを掻く……オソの質問に答えるのがむずかしかったからではなく、ポルレイターになにが起こったのだろうかと自問したのだ。

オソはもちろん、なぜ人間がある特定の状況で耳のうしろを掻くのかも知りたがった。

数分後、テラナーは、オソが次から次へと説明をもとめてくるという不安から、ほとんど手足を動かせなくなっていた。

「そろそろ充分ではないか？」ついに疲れはててたずねた。「記憶どおりなら、あなたはわたしと話がしたいといっていたはず。なぜ、悪魔にとりつかれたように、いつまでもぐずぐずしているのだ！」

ポルレイターは動きを中断し、

「その言葉」と、ゆっくりという。青い八個の目が輝いている。「わたしにはまったくわからない。悪魔とはなんなのか？」

ローダンは目を閉じた。思考が次々と頭をよぎる。オルサファルの変化に富む閃光のように。

悪魔にどんな意味があるのかを、このポルレイターに説明しはじめたら、次は神も避けて通れなくなる……さらには、このテーマにかかわるすべてのことを説明しなくてはならないだろう。目下の状態を分析し、この時点でクリンヴァンス＝オソ＝メグと神学的議論をするのは無理だという結論にいたった。

「申しわけないが」ローダンはどうにか自制していうと、立ちあがり、ドアのほうへ退却する。「わたしの時間にはかぎりがあると理解してもらいたい。いまからべつのことをやらなければならないので」

「待ってくれ！」オソがうしろから叫ぶ。「なにかまちがったことをしたなら、いってほしい。われわれ、なおすから。行かないでくれ！」

ポルレイターの声が悲痛に響くが、ローダンはおのれの限界を知っている。うしろ手にドアを閉め、文字どおりそこから逃げさった。

自室キャビンにもどると、すこしリラックスし、さっきの経験を熟考しはじめた。

オソが正気を失ったという考えが自然と湧きおこるが、それを断固としてはねのける。同様に、あのくだらない状況をすべて忘れるよう忠告する内面の声にも、はげしく抵抗する。長く苦難に満ちた経験から、そのような事象に対処するにはたったひとつの方法しかないことを知っていたからだ。直視し、分析を試みなければならない。

あのようにふるまうしかなかった理由が、オソにはあるはずなのだ。目下、自分はその理由を知らないので、意味のないふるまいに思えるのだが。いま、自分がかなり動揺していることはわかっている……この状況では、ほとんど正しい解決を見いだせない。が、ほかの者ならそれができるかもしれない。

ペリー・ローダンは、幹部スタッフと連絡をとるために手をのばそうとする。しかし、そうする前に、低いブザー音がした。受信キイを押すと、すぐにフェルマー・ロイドのおちついた顔が見えた。

「司令室にこられますか?」と、テレパス。

「なぜ?」ローダンは機械的にたずねる。

「ポルレイター数名が消えました」フェルマーが答えた。

＊

ローダンのキャビンは司令室からそれほどはなれていないので、ほどなくつく。最初に目にはいったのは、シートに寝そべっているネズミ＝ビーバーだった。一本牙《きば》をむきだしてこちらを見ている。

「ひそかに聞いていたな？」ローダンはおちつきはらってきく。「いいか、にやにやするのはやめるんだ！」

グッキーの一本牙は魔法のようにひっこんだ。ゆっくりとシートから滑りおり、「おもしろい出し物だったよ」と、そっけなくいう。「でもさ、あの背景にはすごく重大なことがあるんじゃないかと思うね」

フェルマー・ロイドが歩みよってきたので、ローダンの気はそちらにそれた。

「こちらへ」と、テレパス。「映像記録を見てください」

ローダンはうなずく。途中でグッキーがついてきているのに気づく……徒歩で。まさにそのことが、かれを不安にさせた。

ひろい会議室には、すでにほとんどすべての幹部スタッフが集まっている。欠けているのは、ラス・ツバイとカルフェシュだけだ。

映像記録からは多くのことは得られなかった。相当数のポルレイターがうつっている。

ゆっくり外を動きまわり、例の学習に没頭していた。それから、ひとりが立ちどまり、まるで、関心をひきおこすなにかを発見したかのように、上体をまっすぐに起こす。ほかの三、四人がかれにならう。それから突然、活動体が出せるかぎりの速度で、ジャングルの灰緑色の壁に向かって駆けだし、またたく間に、巨大な葉のあいだに消えた。

「これだけか？」と、ローダン。

「そうです」フェルマー・ロイドが簡潔に答える。

「シュプール探知はできるのか？」

「できません」

「なぜ、できない？」

テレパスはグッキーを見やり、とほうにくれたように、

「見当もつかないので」と、つぶやく。

「ポルレイターをこのジャングルで見つけるのはむずかしいでしょう」背後からだれかがいう。

「そもそも、探すべきなのかどうか」ローダンが考えながらいう。「自由意志で森にはいったのは明らかだし、かれらには行きたいところに行く自由がある。われわれ、ポルレイターの保育士ではない。かれらは充分に長く生きてきたのだから、自分たちがなにをやっているのかわかっているはず」

こういったとき、無意識に、オソのことを思いだした。グッキーが間髪《かんはつ》いれず、またもや一本牙を見せる。

ローダンはイルトに鋭い視線を投げた。

「どうでしょう」ワリンジャーが疑わしそうにつぶやく。「ポルレイターは、ジャングルでなにが待ちうけているのかまったく知らない可能性もあるのでは。宇宙艦の環境においては平気でも、外では……」

話が中断された。突然、ラス・ツバイが実体化したのだ。テレポーターは制御盤へ急ぎ、外側観察スクリーンのスイッチをいれ、

「あれを見てください！」と、叫ぶ。

最初は、興奮してはさみを振りまわしているポルレイターの群れしか見えなかった。それから、活動体のあいだにべつの生物が数体見えた。ずんぐりしたちいさな怪獣で、長い角と、棘《とげ》のある黒と黄の縞《しま》模様の尻尾がある。

「いったいこの動物はどうしたんだ？」ローダンはあっけにとられてきく。「なぜ、ポルレイターを攻撃している？」

「むしろポルレイターがはじめたことです」ラス・ツバイが冷静にいう。「わたしはたまたま、このゲームがどのようにはじまったのかを目撃しました。ジャングルに駆けこんだポルレイターたちが、この動物の群れを連れてもどってきたのです。換言するなら、

同胞に向けて群れを追いたてたのです」

「だとすると」と、ローダンは慎重にいう。「かれらの対象が、より高等な動物へ移行したということか？」

「これが、学習などというものに見えますか？」テレポーターがひどく怒ってきく。

まぎれもない殴りあいで、それ以上ではありません。これを見てください。ポルレイターは、動物たちに攻撃をけしかけているのです。ジャングルのあわれな動物たちは、そうさせてもらえるなら、とっくに逃げているでしょう！」

ラスがいったとおりなのだろうと認めざるをえないが、ローダンは認めたくなかった。そのようなふるまいは、長いあいだ平和のために戦ってきて、円熟し、聡明であるべき生物にふさわしくない。ポルレイターが意地悪な子供の集団のようにふるまうなど、ありえない。

しかし、まさにそうしているのだ……長く見ていればいるほど、この印象が鮮明になる。ポルレイターは動物たちを逃がしてやらず、ひっぱったり、つねったりしている。動物たちが怒りのあまり狂ったようになり、やみくもに突進してくると、つねにうまくかわすのだ。とりわけ機敏ではないが、はるかにすぐれた知力のおかげで。

この件全体を通してローダンの唯一のなぐさめは、ゲームのなかで、動物になにも害がおよばなかったことだ。パニックを度外視すればだが。実際、ポルレイターたちにとっては遊びにすぎず、戦いではない……これにより、一匹の動物もわずかな傷すら負っていないのだから。

「けど、こんなことは終わらせなきゃなんない」と、グッキーが切迫していう。

「どうやって？」ラス・ツバイがたずねる。「なにをしても、ポルレイターたちにとっては、われわれがかれらを保護下におこうとしているか、攻撃しているように見えるだろう。両方とも、かれらには気にいらないことだろうな」

「ポルレイターの気持ちなんてくそくらえだ！」ネズミ＝ビーバーがきんきら声でいう。「あそこにいる動物たちは、恐怖のあまり、半狂乱になってるよ。だれが、あの動物たちの気持ちをケアするんだい？」

ローダンは、スクリーンの前に立っているフェルマー・ロイドのほうを見る。硬直した表情で両手のこぶしを握りしめている。かれも、イルトのいっているとおりだとわかったということ。次に、ジェン・サリクのほうを見ると、かれは肩をすくめ、

「われわれになにができます？」と、低い声できく。「介入すれば、ポルレイターたちはそれを敵意ある態度とみなし、秘密を教えることを拒否するかもしれません。そうなると、非常に多数の生命体にとって破滅的な結果になるでしょう。介入しなければどうなるか……ここにいるだれかがすでに考えたかもしれませんが、ポルレイターはわれわれをためそうとしているだけなのでは？」

ローダンはおかしくもなさそうな笑みを浮かべ、

「かれらがこちらを挑発していると考えたのだな」と、確認するようにいう。「そうなれば、われわれ、ほんとうに窮地におちいる」

「ええ」ジェン・サリクが考えこみながらいう。「どちらがより重要かを決定しなければならなくなるでしょうから……この惑星に住む動物たちの精神的安定か、はたまた、多数の種族の幸福か」

ローダンが突然こうべをあげ、

「グッキー、ラス」と、いう。「動物たちを連れさってくれ……できるだけすぐに」

「つまり、決定したのですね？」と、ジェン・サリクが低い声でいう。

「そうだ」と、ローダン。「あそこで起きていることは、不必要だ。それゆえ、終わらせるべきだ」

「ポルレイターたちはどう思うでしょう？」

「それは、どうでもいい」テラナーは冷ややかに明言する。

両テレポーターはそれ以上は待たなかった。ポルレイターの行動は、ふたりの性にまるであわない。ようやく介入できることをよろこんだ。いま、スクリーンにはふたりがあらわれたり消えたりするのがうつっている。ふたりといっしょに動物たちも、次々と消えていく。オルサファルにふたたび夜が訪れていた。沼地の森のなかに光があらわれ、明滅し、魅惑的にちらついている。この光の出どころは、だれも知らない。

「そろそろ、反応があるはずですね」と、イルミナ・コチストワ。「動物たちは、ほぼいなくなりましたから」

彼女の言葉がきっかけになったかのように、ポルレイターたちは立ちどまった。身動きひとつせず、テレポーターふたりが最後の動物たちを連れさるのを眺める。それから、反転し、ゆっくりと艦にもどりはじめた。

「これからなにをするつもりだろう？」ワリンジャーが呪縛されたようにつぶやく。

だれも答えない。テレポーターたちがもどってきて、無言ですわった。だれかが、カメラを《トレイガー》の主エアロックに切りかえる。

ローダンはマイクロフォンをひきよせ、エアロック監視係に連絡をいれ、小声で命じる。

「なにが起きようとも、おちついた態度をとり、ポルレイターたちを挑発しないように。じゃませずに通過させること」

「質問してきた場合は？」宙航士のひとりがきいてくる。

「自分たちはなにも知らないので、幹部スタッフにきいてくれといえばいい」

ポルレイターたちが近づいた。二百人ほどが《トレイガー》に向かっている。数名が黙ってエアロックを横切り、艦内に消えた。

会議室では安堵感がひろがる。全員が厄介なことになると予想していたわけだが、いま見たところでは、ローダンの目算どおりだった。

続々とポルレイターがもどってきて、最後の数人がはいってきた。そのうちのひとりがエアロック監視係のほうを向き、

「ところで」と、間のびした口調で、「そこにずっと立っていなければならないのは、快適なことかね？」

「まさか」勤務中のスプリンガーが、驚いて答える。

「なんと、気の毒な！」ポルレイターが叫ぶ。「わたしがなんとかしよう。われわれにそれができなければ、とんだお笑いぐさだ！」

べつのふたりの監視係も同様にそれぞれポルレイターに捕まっている。

ローダンはかたい表情で、いま起こっていることを見ていた。ポルレイターたちが肘かけ椅子、クッション、テーブルクロス、料理、飲み物を持ってきている……要するに、ヒューマノイドがくつろぐのに必要なものすべてを運んできたのだった。異人たちのすることは度をこしていた。

エアロック監視係たちはこの行動をとほうにくれて眺めている。どうしたらいいのかわからないのだ。用心深く対応し、ポルレイターが思いつくままにさせていた。

「われわれ、なにもできないのですか？」フェルマー・ロイドが茫然としてたずねる。

ローダンはしかたないというしぐさをし、

「どうすべきだと？」と、あきらめたようにききかえす。「したいようにさせておこう。おそらくほかのケースがそうであったように、この段階もすぐに終わるだろう」

「で、あそこのかわいそうな男たちは？」と、グッキー。

「いまのところ、なにも起こっていない」ローダンはそっけなくいう。

「ぼかあ、ごめんだね」イルトがぶつぶつつぶやき、スクリーンのほうを懐疑的にうかがう。「かれらの立場にはなりたくないや」

宙航士のひとりがクッションの山の下でほとんど窒息しかかっている。べつのひとりは、一ポルレイターに、飲みこむことができないほどの速さで、口に黄色い液体を注《そそ》ぎこまれていた。さいわいにも、非アルコール飲料だったが。さもなくば、あわれな男はクリニック行きだったろう。三人めの男はポルレイターふたりに、さまざまな食物を無理強いされ、そのたびごとに感想をたずねられていた。

ペリー・ローダンは決然と立ちあがった。スクリーンに背を向け、挑発するようにあたりを見まわし、きびしくいう。

「ポルレイターになにが起こったのであろうと、われわれがどう解決するかだ。艦長に依頼し、ポルレイターの最新の気まぐれに関して乗員たちに知らせてもらう」

5

オルサファルの幽霊島にふたたび霧でかすんだ昼がやってきたのは、艦内時間の夜遅くだった。勤務がないかぎり、たいていの宙航士たちはすでに就寝している。数名の腰の重い連中だけが、いまなお食堂にたむろしていた。

それは、ポーカーをするためのよせあつめグループだった……強調しておくが、ごく些細《ささい》な賭け金で遊ぶ友好的なグループだ。たがいを丸裸にする意図などけっしてない。

グループの中心は美貌の新アルコン人女性イルヴァで、この夜の幸運をひとりじめにしているようだった。その隣りには、いくぶんはにかみやの女スプリンガー、アッシラがすわっている。反対隣りには、ブルー族のおせっかいな見物人ふたりのうちひとりが、イルヴァをガードするように席についていた。向かい側には若いアコン人ダランがすわり、イルヴァの関心をひくために全魅力を使っている。かれはこの分野におけるエキスパートとみなされていた。よりはっきり表現すると、情熱的な女たらしだ。さらに、やや年配のスプリンガーもゲームに参加していた。テラナーもふたりいる。ゲームがたけなわとなったころ、アラスの医師ガルヴァクが仲間にくわわった。

半時間後、ふたたびドアが開き、ポルレイターがはいってきた。

テーブルについていた宙航士たちは目をあげた。

「なんだろう?」と、ダランがたずねる。「ゲームをやりたいのかな?」

ポルレイターはゆっくりと近づいてきて、テーブルを一周したが、無言のままだ。ガルヴァクのうしろに立ち、しずかにしている。宙航士たちは熱心にゲームをつづけた。

突然、ポルレイターがたずねた。

「その禿頭《とくとう》は種族の特徴か、痩《や》せた男よ?」

ガルヴァクはこわばり、カードをそっとテーブルに置くと、振りかえり、異人をにらみつけ、

「そうだが」と、ゆっくりという。

「そんなに痩せているのも、やはりそうか?」

ガルヴァクは頭のなかで十まで数え、このような質問に興奮するのは意味がないという結論に達し、ふたたびそうだと答える。

「なるほど」と、ポルレイターは考えるようにいう。「なんという種族だ?」

「アラスだ」

「おぼえておこう」ポルレイターはそういうと、一、二歩わきにずれて、こんどはイル

ヴァの顔が見える位置に立つ。かれが沈黙したので、またゲームがはじまった。しかし、イルヴァはみるみるいらだってきた。八個の輝く青い目にずっと見すえられているからだ。

「なぜ、じっと見ているのよ?」ついにいきどおっていう。「そもそも、あなたはだれなの?」

「アイジャン＝コニー＝タフ」と、ポルレイターは答える。「それがあなたになにか意味があるとは思えないが」

「では、そう思えばいいわ」と、イルヴァは不機嫌につぶやいた。「わたし以外の人を見ることはできないの?」

「できない」と、アイジャン＝コニー＝タフ。

「ほうっとけよ!」ダランが小声でいう。「相手にするんじゃない。さ、カードを出して!」

「でも、いらいらするのよ」イルヴァが怒って答える。

「たぶん、あなたにいいよるための、かれのやり方なんでしょうね」アッシラがくすくす笑う。

「ばかなことをいうんじゃない!」ダランの隣りにすわっている赤髭のスプリンガーがぶつぶついうと、ポルレイターのほうを向き、「いっしょにゲームしたいのならいいが、そうでないなら、われわれのじゃまをしない礼儀作法をわきまえてほしいものだな」

「なるほど」と、ポルレイターは考えながらいう。「それは正当な要求だ」

しかし、やはりその場を動かず、ずっと新アルコン人女性を見ている。

「わかっているのなら、なぜそうしないのかしら？」イルヴァが語気荒くいう。

アイジャン＝コニー＝タフは答えない。

ダランが肩をすくめ、

「席をかわろう、イルヴァ」と、提案する。「テラナーたちがいうように、負けるが勝ちだ」

イルヴァはこの問題解決法を評価しなかったが、譲歩した。とはいえ、こんどはポルレイターが背後に立つことになり、それも気にいらない。視線がうなじに注がれているような感じがし、いらだちが高じた。

しかし、一秒後、思いちがいをしているとわかった。ポルレイターは背後にはおらず、ゆっくりとテーブルをまわり、アッシラとダランのあいだにあらわれたのだ。そこで立ちどまると……イルヴァをじっと見る。

新アルコン人女性はきつい一日を終え、このゲームでリラックスして神経の疲れをとろうと、テーブルについたのだった。それゆえ、ポルレイターに対してがまんがならなかった。

「なぜ、そっとしておいてくれないの？」と、怒りをあらわに叫ぶ。「わたしになんの用があるというの？」

「なにも用はない」アイジャン＝コニー＝タフは簡潔にいう。

赤髭のスプリンガー……バルバロッサというあだ名で有名なことを、イルヴァは漠然とおぼえていた……が、おちつかせるように大きな手を女の右肩に置き、

「やめたほうがいい」と、訴えるようにいう。「さっき伝達されたことを聞いていなかったのか？　われわれ、平静を守り、ポルレイターに挑発されてはいけない！」

「パンタリーニがそのような忠告をするのは、もちろんかんたんよ」イルヴァが激昂する。「司令室にポルレイターをいれるつもりはないもの。ちがう？　だのに、わたしたちは、この人たちにしつこくつきまとわれるんだから」

「それほどひどくはないよ」ガルヴァクが彼女にいいきかせる。「きみだって、かれがなにも用はないといったのを聞いただろう。それに、かれはきみのことをまったく見つめていないのかもしれない。ポルレイターの目のことは、よくわからないのだし……」

「じゃ、なぜ、わざわざテーブルをまわったのかしら？」と、イルヴァ。

テラナーのひとりがカードをわきに置き、

「こんなことをしてもなんにもならない」と、つぶやき、「これ以上こんな話を聞いているくらいなら、寝たほうがましだ」

もうひとりのテラナーも同調し、ブルー族のひとりは、もめごとの原因となった生物にかかわる嘲弄《ちょうろう》的なコメントをした。

「もう満足しただろう？」ダランはポルレイターにたずねる。「われわれの楽しみをだいなしにできたのだから」

「そんなことをする意図はなかった」アイジャン＝コニー＝タフは平然という。「残念だ」

「いいだろう」ダランはため息をつきながらうなずく。「では、そろそろ出ていって、われわれをそっとしておいてくれないだろうか」

「なぜ？」と、ポルレイターは簡潔に質問する。

ダランはふたたびほかの者たちのほうを向くと、とほうにくれ、両手をあげ、

「この生物とどうやって話せばいいのか、だれか教えてくれないか？」と、うんざりする。

「心理学の問題だと思うな」ガルヴァクが慎重にいう。「だれか、その方面の知識を持っている者は？」

だれも名乗り出る者はいない。

「では、わたしがやってみよう。いいかね、アイジャン＝コニー＝タフ。われわれ、基本的にはけっして、あなたの同席がいやなのではない。たしかにイルヴァは注目を浴び

る大変な美人だ。あなたの美の理想像にかなうのかどうかは確信がないが、ずっと見つめている以上、そうなのだろうね」

ポルレイターはアラスに目をくれようともせず、どういうかたちであれ応えなかった。正確にいうと、そもそも聞いているのかどうかさえ、わからなかった。

しかし、ガルヴァクはそうかんたんには落胆しない。

「あなたのふるまいの理由をわたしに話すと、なにか支障でもあるのだろうか？」と、丁重にたずねる。

「いや」と、アイジャン＝コニー＝タフ。

「では、聞かせてくれ」

「なぜ、いちいち話さなければならないのだ？」と、ポルレイターはそっけなく答える。

「あなたになんの関係もないことでは」

「だが、あなたがさっきいったように……」

「このことで、あなたと議論をする気はない！」

「みんな、聞いたろう」ガルヴァクがゆっくりという。「ここにいるわれらが友は、すこし奇妙な気分のようだ。われわれ、かれを無視するほうがいいんじゃないか」

イルヴァが勢いよく立ちあがり、カードを投げ、

「ここには、この……生物をほうりだす勇気がある人は、いないの？」と、叫ぶ。「あ

なたたち、なにもかも甘受するつもりなの？」

「たのむから騒ぎを起こさないでくれ！」と、バルバロッサ。「パンタリーニが……」

「いま、パンタリーニのことなど聞きたくない！」と、イルヴァが叫ぶ。「わたしを見つめるのをやめてもらいたいのよ！　これって、過大な要求かしら？」

バルバロッサがひきとめようとしたが、イルヴァは身をひきはがし、テーブルをまわってつきすすむ。

ダランとアッシラが押しとどめた。

「おちつくんだ」アコン人がなだめるようにいう。「われわれがつきそって、きみのキャビンへ行くのはどうだろう？　弱い睡眠薬をのめばいい。望むなら、すこしおしゃべりでもし……」

「いいかげんにやめてちょうだい！」イルヴァはポルレイターをどなりつけた。

ダランがアッシラを見る。彼女はうなずいた。ふたりは無言で新アルコン人女性をひきはなし、ともに出ていった。

「あなたのやり方は、とても感じがいいとはいえないぞ！」バルバロッサがポルレイターに怒りの視線を向けた。「かわいそうに、イルヴァの神経は完全にまいってしまった。こんなことをして、楽しいのか？」

「もちろん」と、ポルレイターは簡潔に答え、去っていった。

「くそ！」スプリンガーは吐きだすようにいう。「まだ彼女のあとをつけるつもりなら……」

ほかの者たちもすぐさま理解し、急いでポルレイターのあとを追って駆けだした。実際、かれはいまなおイルヴァのあとを追っていた。

活動体はとくに敏捷《びんしょう》というわけではなく、緊急の場合の人間ほど迅速に移動できない。宙航士たちは、なんなくアイジャン＝コニー＝タフに追いつき、行く手をさえぎった。

「通せ！」ポルレイターが命じる。

「だめだ！」バルバロッサがどなる。「いいかげん、イルヴァをそっとしておくんだ。わかったか？」

「彼女とかかわりを持つつもりはいっさいない」異人はまたそうくりかえすと、近づいていく。「じゃまをしないでくれ」

「そうはいかん」

「好きにすればいい」ポルレイターはつぶやくと、かれらをわきに押しやり、進んでいく。力ずくでとめるしかないだろうが、そうしたところでうまくいくかどうか、はなはだ疑わしい。

「だれかとめてくれ……」そういったスプリンガーは、身をすくませた。脇通廊から、血が凍るかのようなけたたましい悲鳴が聞こえてきたのだ。その直後、若い一テラナーがせかせかと周囲を見まわし、食堂の方角へ走りさった。

「なにがあったんだ？」ブルー族のひとりがあっけにとられる。が、その答えは不要だった。──ポルレイターが急いで脇通廊から跳びだしてきて、テラナーのあとを追いかけていく。

「かれらは全員、狂ったのか？」衝撃をうけたガルヴァクがいう。

「すくなくとも、そう見えるな」スプリンガーはつぶやく。ポルレイターが追いつく前に食堂のドアが閉まったので、ほっとする。活動体の生物は突然とまると、ゆっくりと振りかえり、通廊の交差点にいる宙航士たちを発見した。

「逃げなければ！」ブルー族のひとりが、ぎょっとして叫ぶ。その声は超音波領域にはいっていた。

「ここにとどまるんだ！」バルバロッサがブルー族をひきとめる。

ポルレイターはその場を動かず、宙航士たちを観察している。

「みんな、動くんじゃないぞ！」スプリンガーが声をひそめていう。「予想では、ポルレイターの関心をひくのは、われわれがここから逃げだしたときのみだ！」

「予想がはずれていたら？」もうひとりのブルー族。

「そのときは、まだ充分に逃げる時間はある」と、バルバロッサ。

無限とも思える五分が過ぎた。ポルレイターは向きを変え、ドアのところでなにかごそこそやりはじめる。

「ほらな」スプリンガーがつぶやく。「さ、用心しながら後退しよう」

最初、うしろ向きに歩いていたが、ポルレイターが自分たちのことを気にしていないとわかり、あらたな勇気が湧く。

「われらが友コニーがいまどうしているのか、気になるな」と、ガルヴァク。

「それは問題ない」と、バルバロッサ。「わたしはイルヴァのキャビンを知っている。たしかめにいこう」

しかし、ふたりのブルー族はさらなる騒ぎに身をさらす気分ではなく、自分たちのキャビンへと急いだ。

「ちょっと、聞いてみろ」と、バルバロッサ。立ちどまり、耳を澄ます。いろいろな方角から、大きな叫び声がかなり近くから聞こえてきて、それからふたたび低く、遠くなる。その直後、パンタリーニの声がスピーカーから響いた。

「ポルレイターがあらたな学習段階にはいった」《トレイガー》の艦長が伝える。「いまや、一定の行動様式に対するわれわれの感情や反応を研究する気のようだ。おちついて行動し、挑発されないように。可能であれば、客人たちの遊びに理解をしめしてもらいたい。われわれはなりゆきを観察し、ほんとうに危険におちいれば介入するつもりでいる。だが、ポルレイターになんの敵意もないことはたしかだ。くりかえす。客人たちに敵意はない。害をおよぼされることはないだろう……」

「いいすぎだな」ガルヴァクがつぶやく。「イルヴァの件は無害な遊びの域をはるかにこえているし、さっきの若いテラナーは、ポルレイターに追っかけられるのを楽しんでいる印象ではなかった」

「そうだな」と、バルバロッサ。「全体としてはそうひどくないのかもしれないが、われらが愛する友たちが学ぶためにあのような大騒ぎをしているのが、どうしても理解できないのだ。なにかべつなことがひそんでいる気がしてならない」

「どんな可能性があると?」

スプリンガーはとほうにくれて、

「わからない」と、つぶやく。「まるで、なにか……」

「しっ!」と、ガルヴァク。「見てみろ!」

めざす通廊に到着し、イルヴァのキャビンのドアが見えた。その前にポルレイターがうずくまっている。

「あいつめ、ほんとうに」と、バルバロッサはつぶやき、アイジャン=コニー=タフに向かっていこうとする。

「どうかしてるんじゃないか?」と、ガルヴァクはささやく。「すぐに、ここから消えよう!」

「かれはわたしに狙いをつけているわけじゃない」と、スプリンガーがはねつける。

ガルヴァクは理解するが、あとにのこり、バルバロッサがドアに近づいていくようすを観察する。ポルレイターは、まったく気づいていないようだ。

「そっちはだいじょうぶか？」スプリンガーは通信装置を介してイルヴァにたずねる。

「だいじょうぶなわけないわ！」イルヴァが叫ぶ。ヒステリックな声だ。「ダランとアッシラもここにいる。ポルレイターがひと晩じゅうドアの前でうろついていたら、どうなるのよ？」

スプリンガーは衝動的にアイジャン＝コニー＝タフのほうを向くと、微光をはなつ甲皮をてのひらでたたき、

「なぜ、いいかげんやめないんだ、おい？　彼女がいっさいかかわりを持ちたがっていないのは、わかるはずだが」と、いう。

ポルレイターのはさみ状の両手が軽く動き、

「これはいい」と、いう。声が奇妙に響く。「つづけてくれ」

「なにを？」バルバロッサがたずねる。

「たたいてほしい」

「これでいいのか……」

甲皮をたたきはじめると、アイジャン＝コニー＝タフの活動体は床に寝そべり、テラ

ナーがもっと自分に近づけるように、長い両脚をひっこめた。

「もうすこし右」と、いう。「ああ、そこがいい」

十五分後、スプリンガーは腕がしびれてきたので、立ちあがった。と、たちまち、はさみ状の手が動き、しっかりと捕まえられる。

「おい、なにするんだ？」バルバロッサは抗議するようにたずねた。

「つづけるのだ！」と、ポルレイターは命じる。

「これ以上はつづけられない。手が痛いし、もう遅い時間だ。わたしは眠りたい」

「そんなことはあとでできる。いまは、つづけてくれ」

バルバロッサは考えをめぐらせ、

「いいだろう」と、ついにいう。「が、ひとつ条件がある」

「なんだ？」

「わたしとくるんだ。かわいそうに、イルヴァはもう充分不安な目にあった」

アイジャン＝コニー＝タフは、この提案を長くは考えなかった。せかせかと起きあがったので、脚がもつれそうになる。

「どこへ？」と、たずねる。

「聞いたか、イルヴァ？」と、バルバロッサ。「きみは解放される！」

「あなたがしてくれたことをけっして忘れないわ！」イルヴァがすすり泣きながらいう。

「もういいから」スプリンガーはいい、考えた。そのかわり、わたしがいまからわずらわされるのだがな、と。

「なにに巻きこまれるのか、わかったもんじゃないぞ」ガルヴァクが陰気に予言した。

「そんなことはない」スプリンガーは軽くいった。「なにも起きないよ。ひょっとして、コニーも気分がよくなれば、フロストルービンについてなにか話すかもしれない」

しかし、アイジャン＝コニー＝タフはフロストルービンについてはひと言も言及しなかった。いったことは、活動体をどのように処置してもらいたいかの指示だけ。なぜイルヴァの神経がまいるほど追いこんだのかという問いに対しては、たんにこう答えた。

「おもしろかったし、わたしは好奇心が強いので。そこの左上を掻いてくれ！」

バルバロッサは、ポルレイターをたたき、掻き、さすりつづけたが、やがて、そのそばで深い眠りに落ちていった。

＊

《トレイガー》およびポルレイターの宿舎として使われているほかの艦の乗員にとって、騒々しい夜になった。《トレイガー》では助けをもとめる叫びや苦情がたびかさなる。

ポルレイターは突然、狩りの衝動に駆られたらしい。とはいえ、犠牲者はいつもどうにかぶじに切りぬけた。パニック状態はもっぱら計画的に訪れたからだ。相手が逃走したとたん、はげしい追跡がはじまる。犠牲者が捕まるか、あるいはドアを開けてキャビンにはいり鍵を閉めるのに成功すれば、追うほうは関心を失い、わが道を行った。

しかし、宙航士たちが戦わなければならない災《わざわ》いはひとつだけではなかった。すこし長い休憩をはさんだだけで艦内クリニックにもどったガルヴァクは、すぐに、ポルレイターがさらにべつのいたずらを考えだした例に遭遇した。

《トレイガー》の艦内クリニックは、この時点では患者数がすくなかった。型どおりに対処すればいい症例の乗員……オルサファルでの研究作業中に、無害とはいえない動植物相と遭遇したのだ……が四人。そのうち二患者は、シマモドキの胃のなかから消化されかけた状態で救出され、再生タンクにいれられていた。シマモドキは巨大な生物で、すでに名前があらわすように、島に擬態している。足もとにかたい地面を感じたいと思ってのぼってきた者を、むさぼり食うのである。このふたりは、完全に回復するまでに数カ月を要する長期入院患者だ。そのために必要不可欠なプロセスは自動装置によってコントロールされている。世話は必要だが、数時間あるいは数日、医師や技術者の手がなくともすむ。

三人めの患者は若い女生物学者で、シダに似た原生植物の寄生胞子に感染した。四人めの患者は土中に棲む巨大イモムシの、いわば復讐にあい、脚を失った。

さいわい、現代医学はこのような問題を解決できる。ただ、女生物学者の症例は厄介だった。シダに似た植物の胞子が、きわめて強靭な生命力を持つと判明したのだ。いくつかの研究グループの報告から、この植物の生態はわかっていた。最初の胞子が動物や人間の体内に呼吸器経由ではいり、そこで繁殖する。そのさい、まず最初に重要な自律神経の器官にひろがり、ついには皿大の前葉体を形成し、それが宿主のからだを完全におおう。前葉体は生殖細胞をつくり、交配後はそれが胞子を運ぶ細い胞子嚢に成長する。この胞子嚢のなかで胞子が形成されると、宿主は死に、胞子は風によってちらばり、低いシダの藪に成長する。

女生物学者がこの運命をまぬがれ、すくなくとも二平方キロメートルあるシダの藪の産みの母にならないためには、胞子ひとつひとつを、すでに形成された菌糸もろともきとめ、顕微外科手術で除去しなければならない。

ちなみに、こうした植物の生態は未知のものではない。古きよき時代の地球にさえ、ほとんど同じようにふるまう植物があった。ただし、それらの胞子は非常にちっぽけで、けっして人類を危険にさらすことはなかった……あったにしても、きわめて例外的なケースだ。

ともかく、この理由から、遅い時間にもかかわらず、女生物学者には二名の医師がついていた。ガルヴァクがクリニックにもどったのも彼女のためである。植物の寄生から生じる病気がかれの専門領域なのだ。それはともかく、ガルヴァクはくりかえし奇妙な騒音を聞いた。悲鳴、助けをもとめる叫び、ポルレイターの足が床をひっかく音……クリニックの遮音性空間に期待される静寂と安らぎを切望していたというのに。

　それだけに、そこが野戦病院のようになっているのを認めざるをえなくなったとき、いっそう驚いた。まるで、理性を失った者が大挙して押しかけてきたようだ。

　ポルレイターが八十人ほどいて、クリニックの通廊を動きまわったり、準備室にはいりこんだりしている。そこでは二時間ほど前、当直医ふたりが制御機器の前にすわり、死ぬほど退屈していたのだが。

　いまや、退屈どころではない。かわいそうに、医師たちは三ダースほどの興奮したポルレイターに話しかけられている。さらなる三ダースは、クリニック設備の点検に熱心にとりくんでいた。のこりは患者の観察を楽しんでいる。それがおもしろくないわけはない。なぜなら、仲間の〝点検〟により、きわめてめずらしく注目すべき反応がひきおこされているから。

　点検中のポルレイターたちは、目を動かすことだけで満足せず、はさみ状の両手で、きわめてアクティヴに治療に介入していた。

　ポルレイターが複雑なロボット・メカニズムをどれくらいわかるのか、ガルヴァクはあえて判断しない。そのような判断は、ポルレイターの行動が悪意によるのか、純粋な無知によるのかを、決めることを前提にしているから。ただ直感的には、かれらは自分たちがなにをひきおこしているかまったくわかっていない、という推定にかたむいている。とくに、患者を観察している者たちにかぎれば、からだじゅうを目と耳にしており、〝点検中の〟仲間がいまなにをしているのか、これっぽっちも注意していない……一方、点検中の者たちは、自分たちの介入がいかなる結果を招くものか、まるっきり気にかけていない。

それを考慮することは、ロボット・システムにはできない。一方ではインプットされているプログラミングにしたがい、他方では、ポルレイターが直接・間接にあたえた矛盾するあらたな命令を処理していた。しかしながら、そのような混乱を処理できるようにはつくられていないため、さまざまな致命的な過誤行為が生じている。

ガルヴァクがようやくコンソールにたどりついたとき、脚を切断した患者には新しい一対の脚ではなく、第二の頭が生えるような条件がすでに入力されていた。長期入院患者のひとりには覚醒プロセスが開始されていた……生きのびることはできても、治癒しにくいショックをうけるだろう。もうひとりの長期入院患者は、膨《ふく》れあがったからだと多数の触手を持つ人間クラゲにされかけていた。女生物学者は、いつのまにか、それなしでは不自由するかもしれない神経結合をいくつか失っていた。

ガルヴァクはこうしたことすべてを目《ま》のあたりにし、驚愕のあまり硬直した。骨ばった細い指をのばし、変更された回路をとりけす。しかし、気がつくと五、六名のポルレイターがイノコヅチのようにくっついてきた。絶え間なくおしゃべりをしている。その声はとぎれることのないへたくそな歌のようになり、アラスを文字どおり麻痺させた。深い絶望にとらえられる。

「しずかにしろ!」と、語気荒く叫ぶが、なんの効き目もない。

一瞬、悪夢をみているのかと思った。自制心のあることで知られていたガルヴァクが、激昂してどなりちらした。だが、なにも、起こらない。惑星アラロンに住む弟子たちのことを思いだした……自分がすこし声をあげただけでも、弟子たちは死ぬほど驚いたもの。それに対し、ポルレイターの反応は、自由奔放な子供の群れのようだ。

あるいは、なにかちがうのか?

「ちがう」と、ガルヴァクは自分自身にいう。「かれらの行動は子供のそれではなく、ほとんど時間がない生物のものだ……あるいは、非常に多くのことをとりもどさなければならない生物か」

ガルヴァクは異人のおこなった操作をとりけすことを断念した。なんにもならないと、いまわかったのだ。なぜなら、次の瞬間、またちがうポルレイターがべつの命令をシステムに入力するかもしれないのだから。

ガルヴァクは手をのばし、ひとさし指で赤いセンサー・フィールドをしっかりと押した。

耳をつんざく警報が《トレイガー》の司令室に鳴りひびいた。

6

ペリー・ローダンは前よりもさらに悪くなっていた諸状況を切りぬけた。その事実を認識しているにもかかわらず、深い居心地の悪さをおぼえる。

その原因がどこにあるのか、明らかにしようと試みた。

問題の核心は、ポルレイターを敵として位置づけることは許されないという事実にある。ポルレイターは客人であり、それ相応にあつかわなければならない……そう、自分自身やほかの者たちにくりかえしいっていた。もちろん、客人にすべてが許されるわけではない。しかし、ポルレイターにとってなにがノーマルで礼儀作法に反しないと、どうやって認識すればいいのか？　ポルレイターにとっては、生物の体形などまったく重要でないのかもしれない……結局のところ、この生物がほんとうはどのような姿であったのか、活動体をつくるさいにどれほどの実効性を問題にしていたのか、だれにもわからないのだ。それだけに、ポルレイターのさまざまな行動が正常なのか、狂っているのか、わざと曖昧にふるまっているのか、はっきりとはいえない。ひょっとしたら、かれらはかれらのやり方でテストをし、無数の種族の幸不幸に関して決定しているのかもしれない。あるいは、オルサファルに着陸した船の乗員が自分たちの敵でないことをたしかめたいだけなのかもしれない。あるいは……

いろいろ考えられる。しかし、こうした全仮説を乗員に説明するなどありえない。ポルレイターの行動が正常でも異常でも、結局は関係なかった。この生物は、とてつもなく重要な情報を持っている。この情報ゆえに、ポルレイターの好意を失うわけにはいかないのだ。

医師ガルヴァクにくるようにたのんだとき、ペリー・ローダンはことわざでいうと、藁《わら》をもつかむ思いだった。

ガルヴァクは警報を発することで、ポルレイターの活動が埋めあわせのできない被害につながるのを阻《はば》んだ。それだけでなく、ある仮説もたてていた。当を得た内容の仮説だ。ひょっとしたら、問題の核心をついているかもしれない。すくなくとも、ほんとうらしく聞こえる。

この結論に達したペリー・ローダンは、幹部スタッフを呼集することにした。《トレイガー》およびほかの艦の乗員スポークスマンや、重要な立場にある者たちも招くよう、マルチェロ・パンタリーニに依頼した。

そのあいだも、ポルレイターはおおいに楽しんでいるようだった。艦全体に声が反響している……目下、休みなく話すという病的欲求に見舞われていたから。かれらがようやく口をつぐんだときには、最悪の事態に対して心の準備をしておかなければならない。たとえば、放縦な好奇心で、反重力装置、コンピュータ端末、同様の精密機器の内部機構の究極の秘密を究明しようとすることなどに対して。食堂で正真正銘のどんちゃん騒ぎが起こったさい、ローダンは、ポルレイターがアルコール飲料に対してこれまでどおり嫌悪感をいだいているようにと、ひたすら願った。この点で好みが正反対になっていないといいのだが、と。

そしていま、すくなくとも、この問題に名前がついたわけだ。そのことですべてがやや楽になった。

ガルヴァクの仮説は驚くほどシンプルで……しかも、納得がいく。

かれの認識したところによれば、こういうことだ。ポルレイターは最初、もしかしたら自分たち自身、純粋な学習熱から行動しているのだと思いこんでいたのではないか。しかし、あとになってよく考えてみれば、そうした行動は最初からますます性急になっていき、ついにはそれに圧倒されている。かれらの関心の中心にあるのは学習ではなく、なにかやらなければならないという単純な衝動なのだ。ガルヴァクはこの衝動を〝ポルレイター反射〟と命名したのだった。

かれらはポルレイター反射によって、数百万年を通じてやれなかったことを、たちまちのうちにとりもどすよう強いられるのだ。およそ考えられるかぎりの生の表現が……活動体に宿るポルレイターにできること、感じられることのすべてが……極端なかたちであらわれる。

それこそが、ポルレイターが目下、狂人の群れのように行動する理由なのだ。

ガルヴァクがこういうことを説明しているあいだ、娯楽室では二、三ダースのポルレイターが恍惚《こうこつ》状態でうずくまっていた。頭上ではサイケデリックなライトが花のごとく咲き乱れている。音楽を聞いている者たちがいる……その音量たるや、人間の鼓膜にはとても耐えられない。さらには、なでてもらおうとしたり、驚いて出ていこうとする宙航士たちを追いかける者もいる。たまった鬱憤を晴らそうとしてか、あるいはかれらなりの愛情表現のつもりか。残念なことに、ポルレイターはこの方面においても程度というものを知らない。なんのてらいもなくべたべたされて、宙航士たちが対処できなくとも不思議ではなかった。

ストレスのたまった宙航士たちにとり、ガルヴァクの説はひとつのなぐさめとなった。ポルレイター反射は一時的現象だというのだから。最初からすると、次の行動段階にうつるテンポが速くなっている。ポルレイターは、絶対的性急さともいうべき瞬間に近づいているということ。つまり、ある極端からべつの極端へ、それ以上速くはうつれないような瞬間がくれば、状況は正常な状態に回復していくと、ガルヴァクは考えていた。

そうなれば、ポルレイターがこの種の第二の発作を起こすとは、考えられない。

それゆえ、必要なのは、がまんし、待つことだけだ。

ガルヴァクが話を終えようとしたまさにその瞬間、《トレイガー》のエンジン領域が警報を発した。ポルレイター六人のグループが整備シャフトに到達し、気づかないうちに、エンジン室のなかにつきすすんでいた……

*

はげしく抵抗するポルレイターをエンジン室から連れだし、被害を排除し、艦内の、とりわけ傷つきやすい設備の入口をすべて閉鎖した……《トレイガー》だけではなく、この時点でオルサファルにいるほかの全艦においても同じことをした。武装した歩哨を配置する。それはたんに象徴としてのことだったが、それでも、なんとかしてポルレイターから艦船の設備を守らなければならない。それだけではなく、ポルレイター自身も守らなければならないのだ。病的な好奇心から、コンヴァーターを内側から調べようという気を起こしたりするのだから。

すくなくともエンジン・システムを守るのはほぼ完全に成功した。しかし、そうかんたんには守れない設備が無数にある。たとえば、いたるところにあるインターカムは、しばしばポルレイターの研究熱の対象になった。ドアのポジトロン錠、バスルームの設備などもいうにおよばずだが。

ポルレイターはますます焦《あせ》りだし、いらいらしはじめ、一、二分前に関心をいだいたばかりの対象が、次の瞬間にはまったくどうでもよくなったりした。雷雨の前のアリのように、いりみだれて歩きまわり、艦内は騒音や性急な動きで満ちている。確実に見張ることは不可能だ。かれらはこの状況をたっぷりと利用した。

宙航士たちはしだいにがまんの限界に達していた。もっときびしい処置を叫ぶ声が大きくなる。ついに、ポルレイターを艦から遠ざけてエアロックを封鎖すべきだという提案まで出された……かれらは外で鬱憤を晴らすべきだと。

しかし、ポルレイターの行動熱がすでに峠をこえたことは、しだいに認識できるようになった。ひとりまたひとりと、どこかしずかなかたすみで休むためにもどってきはじめている。そんなポルレイターが休息時間のあと、あらたな力で混乱に突進する恐れは、さいわい、ありそうにないと判明した。それどころか、そのあとは、ポルレイター反射がはじまる前と同じ態度にもどり、活動体に目印をつけたりしはじめた。

「どうやら、われわれ、やりとげたようだ」ペリー・ローダンはほっとしながらジェン・サリクにいう。「せいぜいあと一日もすれば、最後のポルレイターも理性をとりもどすだろう」

「ええ。もうそろそろ、出発できることを祈ります」サリクが考えながらつぶやく。

「つまり……この生物がさらに何人か到着しなければですが。そうなると、これまで同様に、まず暴《あば》れてからでないとしずかにならないのですから」

「その心配はいらない」ローダンが冷静にいう。「捜索船団はポルレイターがわれわれに告げたすべての場所を訪れたが、もう生存者は発見できなかった。船団はすでに帰途についている」

「妙に聞こえるかもしれませんが、実際のところ、よろこばずにはいられません」と、ジェン・サリク。

「じつは、わたしもだ」ローダンは気がめいったようにいう。「自分が以前、ポルレイターをどうイメージしていたのか、わからなくなっている……しかし、われわれがここでいままでに見たイメージではけっしてなかった。もちろん、かれらはポルレイター反射に対してなにもできなかったわけだが、それでもわたしの気は晴れない。願うのは、われわれをこれ以上待たせずに、協力してくれることだけだ」

「かれらが今後も動かなければ？」

「そのときは、われわれ、独力で運だめしするしかない。容易ではないが、これ以上は時間をむだにできない」

「かれらがなにを考えているのか知らなければならないでしょう」ジェン・サリクが考えこむ。

「この特殊なケースにおいては、テレパスにもなにも探りだせないので、手段はひとつ、ポルレイターと話をするしかない」ローダンはきっぱりといい、立ちあがる。「オソがすでに正常にもどっているかどうか、たしかめてみる。ひょっとしたら、いまは話し好きになっているかもしれないしな」

「幸運を祈ります」ジェン・サリクはいうが、懐疑的な響きがある。

外は、いまなお地獄だった。正常な行動にもどっているのは、まだポルレイターの一部分にすぎない……ほかの者たちは力のかぎり暴れていて、状況はさらに悪くなっている。驚いたことに、相当数のポルレイターが前よりもはげしいやり方に出ていた。活動体にひそむ筋力を証明したいという欲求を感じているらしい。無生物に対して暴れることで満足する者もいるが、ほかの者たちは生命ある存在を相手にしていた。そのさい、同胞は除外し、もっぱら宙航士を相手に選んでいる。

ポルレイターの活動体はさほど敏捷ではないが、強靭で、ほとんど疲れを知らない。すでにこれだけからして、かれらにはかりしれない分《ぶ》がある。

《トレイガー》の大部分の乗員はいらいらし、くたくたに疲れていた。ポルレイターの気まぐれにはもううんざりだ。それにもかかわらず、模範的にふるまってきたが、これ以上なお生きたパンチングボールになれというのは、あまりにもとめすぎというものだ。そこで防戦したが、そのさい、ポルレイターの活動体が持つさらなる有利性を知らされることになった。この人工的につくられたカバーは、信じられないくらい頑丈にできている。ポルレイターをノックアウトするのは、事実上、不可能だった。どんな攻撃をうけても、平然として戦いつづけるのだ。

ローダンはオソのキャビンに向かう途中でそのように戦うふたりに遭遇した。最初、そこでなにがおこなわれているのか、まったく理解できなかったのだが。

ゆっくりと後退する――ポルレイターと、荒っぽく両こぶしを振りまわしながら攻めてる――テラナーを目撃したのだ。

「やめるんだ！」ローダンは鋭く叫ぶ。「なにをやっている？」

テラナーはリズムを崩し、あえぎながら一瞬、中断した。ポルレイターはその機をとらえ、はさみ状の片手で相手の胸を打った。テラナーはよろめきながら後退し、壁にあたり、ずりおちる。ポルレイターがさらに攻撃してくる。テラナーはあわてて、狙い打ちしてくるはさみ状の両手の下をころがって逃げた。

「即刻、やめるんだ！」ローダンが怒りをあらわに叫ぶ。

「かれにいってください！」テラナーは息を荒らげながらいい、ウサギのようにジグザグにジャンプし、パンチをかわす。

ローダンは急いでポルレイターのところに行き、やめさせようと試みたが、なんなくわきに押しやられ、床にころがる。ポルレイターはテラナーに、弱いとはいえないパンチを浴びせつづけた。

「次に命中したら、倒れるんだ！」と、男にいう。「そうすれば、ポルレイターはきみを相手にしなくなる！」

「なんの役にもたちゃしません！」テラナーがとぎれとぎれにいう。「このおぞましいやつら、われわれのことをすでによく知っている。わたしがまだ使いものになるかどうか、こいつはよくわかっています！」

ローダンはきびしく叱責しようとした。ポルレイターに対して、そういういい方はないだろうと。

しかし、口をつぐんだ。その瞬間、私情をまじえず客観的であることが、自分自身むずかしくなる。

とはいえ、ポルレイターにはなにもできないのだ。欲求に強制されており、それに対して責任がないのだから、基本的には同情しなければならない。

が、そう考えても、怒りが芽生える。

立ちあがり、急いであたりを見まわす。数メートルはなれたところにインターカムを見つけ、艦長を呼びだした。

「その問題は周知です」パンタリーニがきっぱりという。ローダンが状況を大急ぎで説明しおわったときのことだ。「そのような殴りあいは目下、あちこちで起きています。

テレポーターたちが出動していますし、救助隊も送りだしました。思いちがいでなければ、そのような一グループがすでにそちらに向かっていて、もうつくころかと……」

「わかった」ローダンは急いでいう。「見えてきた」

駆け足で角を曲がってきた総勢十名が、文字どおり、ポルレイターめがけて突進していく。

「走れ！」救助隊のひとりが、消耗しきったテラナーに叫ぶ。男はありったけの力を動員して、できるだけ速く駆けだした。かれが視界から消えると、男たちは押さえつけていたポルレイターをはなしてやる。異人は一瞬、茫然とそこに立っていたが、無言で去っていった……反対方向に。だからもう、あのあわれなテラナーがあらためて危険な目にあうことはない。

「あなたも一発くらいましたか？」救助隊のリーダーがたずねる。「われわれ、包帯を持っていますが」

ローダンはかぶりを振り、

「いつもこんなにかんたんなのか？」と、たずねる。「つまり……ポルレイターはみな、犠牲者が視界から消えるやいなや、平和的になるのか？」

「かんたんですって？」男は笑い、額の汗をぬぐう。ローダンはその男を知っていることに気づいた。プロフォス出身のジョルンだ。姓は思いだせない。「一度、ポルレイターをひとり確保してみてください。恐ろしくがっちりしていますよ。が、たしかに……通常、そのあとは平和的です。しかし、また数人をあらたに攻撃します。つまり、次の通廊の角を曲がってべつの犠牲者を探さない保証はないのです」

「すでにどれくらいの負傷者が出ているのか、知っているか？」

「二、三十名だと思います」

「死者は？」

ジョルンはかぶりを振って、

「たいていは打撲、擦過傷、軽い脳震盪《のうしんとう》といった被害だけですんでいます」と、説明したので、ローダンは安堵する。「ポルレイターは力をぬいて戦っているように思います。それは、自分たちが、そのつどの敵よりも強いのだということを、証明したいだけなのです。そして、それを楽しんでいる。それゆえ、相手を最初の数秒間で排除できなくとも気にしません」

そういうと、すまなそうに肩をすくめ、

「われわれ、まだやることがありますので。先に進むのでしたら、注意をおこたらないようにしてください」

ローダンは、先を急ぐ宙航士たちのうしろ姿を、考えをめぐらせながら見つめる。

死者、ゼロ！　これは、この件で知った唯一ポジティヴな点だ。瘤《こぶ》やひっかき傷はかんたんに治癒する。だが、この出来ごとは、バイオプラストや似たような方法で処置できないもっと深い傷をのこすことになるだろうと、すでに予感していた。二週間以上前、あれほど好意的にはじまったポルレイターと人類との関係に、最初の亀裂が生じたのだ。この出来ごとを忘れるのはむずかしいだろう。たとえ、ポルレイターがいまから非常に親切なふるまいをしたとしても。

だが、かれらがそうしなかったら？　と、不安をおぼえて自問する。かれらが宙航士たちにあらたな障害をつきつけたときには？

この考えをはらいのけた。

ポルレイターは監視騎士団の先駆者なのだ！　われわれを見殺しにするはずがない。

しかし、同時に、それがポルレイターの思考過程にそうものだろうかと、自問する。《トレイガー》でなにが起きているかわかったいま、ローダンはこれまで以上にあたりを警戒し、ポルレイターがいたらことさら気を使って避けた。驚くほどうまくいった。一瞬、どうしてほかの者たちは、同じようにしないのだろうかといぶかる。しかし、どこにでも乗員がいることに、ふたたび思いいたった。通常の艦の状況を、すくなくともある程度は維持するため、徹底的に分解されたインターカムを修理し、その他の被害を修繕し、警備についている。そう、かれらはかんたんにかくれられない。この段階が過ぎさるまで、ポルレイターたちに艦をゆだねることなどできないのだ。

オソのキャビンにたどりついた。ドアに鍵がかかっている。ポルレイターはなかにいると、まぎれもない感情が伝えてくる。ブザーを押し、待った。四回くりかえしたあと、ようやく反応がある。

「だれだ?」と、声がたずねる。

「ローダンだ。いれてくれ。あなたと話さなければならない」

かなり長く沈黙がつづき、それから、ドアが開いた。

クリンヴァンス=オソ=メグは、いつものような外観であった……ほかのすべてのポルレイターがそうであるように。それにもかかわらず、ローダンは、後悔にうちひしがれた生物と対峙《たいじ》している印象を持ち、奇妙な気まぐれからいってしまう。

「申し訳ない。長い囚われの身のあと、あなたがたがこうした反応をするかもしれないと、われわれ、予測していなければならなかった」

「それに関しては話したくない」オソがうつろなようすでいう。

「わかった。したがおう。しかし、今回の出来ごとがわれわれのあいだに楔《くさび》を打ちこまないことを願う」

「それに対して、普遍性ある答えをすることはできない」オソが低い声できっぱりという。「わたしはときおり、あなたがたがわれわれ種族を単一なものとして見すぎている印象を持った。われわれも個々ちがった反応をするのだということを、けっして忘れるべきではない」

「迎えにくるという船を、どうやって呼んだのだ？」と、ローダンがたずねる。

「きわめて複雑な要請装置を介して。われわれが、あなたがたの……あるいはダルゲーテンの……助けによって活動体にたどりついた場所からなら、いつでも使えるものだ。ここに到着したとき、要請を発した」

「そろそろ、なにか起きるときではないか？」

「予定の日時を過ぎたのに、船が到着しない」オソはしょんぼりした声でいう。

「それを妙だとは思わないのか？」

「非常に長い時間が過ぎたから」ポルレイターが考えにふけりながらいう。

「自分に信じこませようとしているな」ローダンがしずかにいう。「あなたがたは遠い将来を見すえて計画し、それを適切に実行した。統合の試みが思い描いたように成功しなかったことは、この関連においては、おそらくほとんど意味を持つまい。なぜなら、それは精神に関する問題であって、テクノロジーの問題ではないからだ。あなたがたの計画において、技術領域のことがどれほど信頼できるかは、太古の防衛メカニズムが完全に機能したという事実が証明している。新モラガン・ポルドは、あなたがたがこの球状星団に創設した新世界の核心だ。すべての周辺設備よりもはるかに、あらゆる種類の荒廃からよく守られているにちがいない。実際にあちこちで不具合が生じていたとしても……すくなくとも数隻はとっくにここに到着していなければならないのでは？」

「筋道は通っているようだな」オソがためらいがちに認める。

「そこからなにを推測する？」

ポルレイターはなにもいわない。

「いいだろう」ローダンは怒ったようにいう。「では、わたしがいおう。あなたがたのすばらしい新モラガン・ポルドは、どこかおかしい。ポルレイター二千人を迎えにいくことを重要とみなしていない。その拒否的な態度の理由はなんだと？」

ポルレイターはなおも黙っている。

「唯一、論理的な説明は」ローダンはきびしくいう。「すでにセト＝アポフィスが影響をおよぼし、あなたがたが要請した船の派遣を妨げているというものだ」

「ちがう！」オソがとっさにいう。「いかなる異人も新モラガン・ポルドを征服することはできない！」

「超越知性体でも？」ローダンは冷ややかにいう。

「わたしには想像できない」ポルレイターがちいさな声でいう。

「わたしのほうが想像力はあるようだな」

「あなたは、あの施設に関してなにも知らない」オソははげしくはねつける。「だれもわれわれの意志に反してあそこには……」

「それを調査してみる潮時だと思わんか？」

「たしかに」と、オソ。「あなたのいうとおりかもしれない」

「では、座標を教えてくれ。われわれが連れていくから」

「自分がどれほど極端から極端へはしっているか、まったく気づいていないのか？」と、オソはたずねる。その声にはいくぶん、すてばちな響きがあった。「一方ではポルレイターを単一なものとみなし、他方では、わたし個人に、種族全員にかかわる決定をもとめている」

「では、きくが」と、ペリー・ローダンはゆっくりとした口調でいう。「あなた自身は、われわれに新モラガン・ポルドへ連れていってほしいかね？」

「ああ」

「それにもかかわらず、座標を教える気はない。なぜだ？」

「行くならポルレイター全員で行く……そうでなければ、われわれのだれも新モラガン・ポルドには行かない」

「それは、ひとつの考え方ではあるな」と、ペリー・ローダンがいう。

7

ポルレイターの活動の高波はすでに岸をこえていた。しかし、高波がそうであるように、しだいにおさまっていくエネルギーは、なお多くの災いをひきおこす。ポルレイターのうち、とっくにこの段階を克服していなくてはならない者たちは、もっとも攻撃的傾向が強いようだった。非常にいやな場面がいくつかあった。とくに、こうしたポルレイターたちによって演出される殴りあいは、最後には、宙航士たちの神経をひどく苦しめるというかたちをとる。それにもかかわらず、ポルレイターが相手の場合にかぎって重大な事件にいたらなかったのは、乗員たちを高く評価しなければならない。ポルレイターたちは、逸した活動をとりもどしたいという性急で陶酔的な欲求のままに行動し、宙航士数人に骨折やその他のけがを負わせたというのに、たったひとりの乗員も、異人に対して致命的な武器を向けることはなかった。

ペリー・ローダンはこの状況を安堵とともに確認する。とはいえ、ポルレイターに対する宙航士たちの考え方が変わったという事実も見逃さなかった。

ポルレイターは、宙航士たちが直感的にかれらを置いた台座から、みずからおりたのだ。この生物は深淵の騎士の先駆者で、ゆうに二百万年も生きている。人々はこの種の生物に、はかりしれない知恵、理解力、思慮深さ、ひょっとしたら策略というものを期待していた……が、いま経験していることは、およそそういうことからかけはなれている。

ポルレイターたちは、関係の最初において、無限へと通じる階段のはるか高所に立っていた。それが、だれもほんとうには正しく理解できないふるまいをすることで、銀河系諸種族のすぐ近くにまでおりてきたのだ。

「かれらはそれを理解しようと苦労してるよ」グッキーがローダンにいう。「けど、うまくいってない。はっきりいうけど、できないと思うね。ぼくが受信できる思考の内容を教えてあげようか？」

「それは想像できる」ペリー・ローダンがつぶやく。「ポルレイターの真の気持ちのほうに、はるかに関心があるのだが」

「そりゃ、ぼくにはできないな」グッキーははねつけるようにいう。「あの生物が、ぼくらが想定しているように、ほんとうにすごく利口で賢明だとすれば、あんな反射なんかブロックする能力があるはずだ……すくなくとも、その危険を正当に認識し、こっちに警告する能力くらいはあってもいい。みんな、そう考えているよ。ぼくにいわせりゃ、そのとおりさ」

「われわれをテストしているのかもしれない」

「いや、ぼかあ、そうは思わない」グッキーが異を唱える。「かれらのうち数人は、罪の意識のようなものを感じているもん」

「名前をあげられるか？」

「オソもそのひとりだね。ペリー、この混乱はじつにゆっくりはじまったよね。だから、ポルレイターたちには、ぼくらに警告する時間がたっぷりあった。どうして、そうしなかったんだい？」

「おそらく、まったくできなかった。反射のせいで……」

「ばかばかしい！」グッキーが無遠慮にいう。「反射のせいでポルレイターが妨げられたのは、せいぜい、それについてぼくらに率直に話すことだけさ。あっちやこっちで自分たちの行動をよく考えて、それが全体にどのような影響をおよぼすか、自問するくらいはできたはずだ。すくなくとも、初期段階においてはね」

「なにがいいたい？」ローダンはいい、目を細くする。

「わざと知らせなかったってことさ」イルトはきっぱりという。「いいかい、ポルレイターは自分たちがときどきテレパスに探られてるって知ってるんだよ。でも、かれらの思考には、ぼくらがこえられないバリケードがある。その大部分はかれらの責任じゃないかもしんないけど、意識的にかくした情報もある気がしてならないんだ」

ローダンはイルトのことをよく知っている。グッキーは、きわめて平和を好む生物だ。他方では、ときとして奇抜なユーモアの持ち主で、自分を侮辱したり告げ口したりする人々に〝飛び方〟を教えることもしでかす。だが、徹底的に考えることなく、他者に重大な罪を着せたりはしない。

「証拠はあるのか？」ローダンはおちついてたずねる。

「もちろん、ないよ」グッキーはしょんぼりした声でいう。「かれらのだれも、どうでもいいような、つまんない思考さえ洩らさないんだ」

「説得力があるとはいえないな、ちがうか？」

「それは認めるし、ひょっとしたら、いわれのない疑いかもしんない……可能性はなんだってあるからね。けど、ぼかあ、このことをあんたにいっておきたかったんだ」

ローダンはうなずき、立ちあがった。グッキーの訴えるような視線に気づき、ため息をつきながら、

「いいか、ちび」と、低い声でいう。「きみの疑念は完全に理解した。わたしもポルレイターのことをちがったふうに思い描いていたことは認める。しかし、それゆえにこそ、今後は用心して推測をおもてに出すまいと決意した。ポルレイター反射は存在するし、ポルレイターが悪意であのような奇妙な行動をしているという証拠はない。あれは多少

とも病的な反応であり、客人たちは強制されてそうなっているのだ。なんの助力もなくそれを終わりにできるなら、われわれ、よろこぶべきだろう。回復後、ポルレイターがどのようにふるまうのか、待ってみよう。時間をあたえるのだ。かれらがなにを体験したか、よく考えてみてくれ。二百万年も囚われの身だったのだから、すこしくらいとっぴな反応をする権利はあるんじゃないかと思うのだが」

グッキーはよく考え、

「いいよ」と、ついにつぶやく。「待ってみるよ」

グッキーがテレポーテーションしたあと、ローダンはその場所を心配そうに見た。まもなく、艦内の状況を聞いてみようと決心する。ますます多くのポルレイターが、その名前にちなんで命名された反射を克服したと知って、安堵した。

ポルレイターは輸送船を要請したというが、いまだに一隻も到着していない。《ラカル・ウールヴァ》にうつるよう、もう一度もとめてみようかと考える。最初にたのんださいは聞いてもらえなかったが、あのとき、ポルレイターはすでにこの奇妙な状態にあったから、もとめにしたがうことはまったくできなかった。

今回は出発点がちがっている。

まったくちがう。すぐにはっきりするはずだ。

こんどはフェルマー・ロイドがあらわれ、困ったニュースをローダンに伝えた。

テレパスは単刀直入にテーマにはいり、

「ポルレイターたちは《ラカル・ウールヴァ》にうつるのを拒否しています」と、説明する。

*

数時間の眠りからさめたローダンは、頭を殴られたように感じた。

「どうして?」唖然としてたずねる。

「それは、客人からじかに聞いたほうが」ロイドがしずかにいう。

それから、コンソールに行き、いくつかのスイッチを操作。スクリーンが明るくなり、空《から》の一倉庫ホールがうつった。ローダンがのぞきこむと、活動体でいっぱいだ。ホールの中央に、ひっくりかえした箱がある。それは明らかに臨時の演壇であり、壇上に、一ポルレイターがいる。

「ラフサテル＝コロ＝ソスです」ロイドは低い声でいい、ローダンの反応を見たくないかのように背を向けた。

「諸君、要請を聞いたな!」コロは聴衆にいう。「われわれにあの大型船に行くようにと。宙航士たちは、われわれと新モラガン・ポルドに行きたがっている。われわれ全員、中央施設にもどれることを願っているが、それはこのような方法でおこなわれるべきではない」

「では、どのような方法で？」質問する声には異議の調子はなく、ただとほうにくれているだけのようだ。

「最初に決めていた方法でだ」コロは大声で答える。「待ちさえすればいいのだ……輸送船がまもなくやってきて、われわれを連れていく」

「もう充分に長く待ったんじゃないのか？」べつのだれかが問う。

「長くだと！」コロがあざけるようにいう。「たった数日ではないか」

「しかし、船がこなかったときは？」おずおずとした声がたずねる。「われわれ全員、どれほど多くの時間が過ぎたのか聞いたはず……」

「ああ」と、ラフサテル＝コロ＝ソス。「聞いたとも。が、それをたしかめることができるか？　テラナーたちが真実をいっていると、だれが保証できる？　ひょっとしたら、かれらが船の到着を阻んでいるのかもしれない……」

「いくらなんでも！」またひとりが叫ぶ。「われわれ、わけのわからぬ異人とかかわっているわけではない。しかも、ふたりは監視騎士団に所属している」

「いいだろう」と、コロは譲歩する。「わたしの関知するかぎりでは、かれらは真実をいっている……しかし、それがいったいなんだというんだ？　テラナーが新モラガン・

ポルドへ行きたいのは、ポルレイターが関係する謎を解くためだ。なにが問題か忘れたのか？　あれは、われわれの最後の偉業だぞ……われわれだけに謎解きの権利がある。ま、それをべつにしても、かつて異人が中央施設にはいったことはない。あそこは、われわれに安全を提供するかくれ場だ。そのように計画されていたし、全員がそれを尊重している。諸君は太古の掟を突然に忘れたというのか？　異人が探すべきものは、あそこにはなにもない……いまも、将来も」

「しかし、テラナーはわれわれを助けてくれた」だれかが考えさせるようにいう。「かれらに感謝をあらわさなければならない」

「もちろん、そうすることはできる」ラフサテル＝コロ＝ソスが無愛想にいう。「が、そのために、かれらを五惑星施設に連れていかなければならないのか？」

ほかのポルレイターが黙りこむ。

「考えこませるようなことをいったのはわかっている」コロが確認するようにいう。

「しかし、問題をよりくわしく考察すれば、わたしのいうことが正しいとわかると思う。諸君の数人はすでに……」

「きみはどう考えているのか？」ポルレイターのひとりが興奮して叫ぶ。「異人たちを追いはらい、迎えの船もこなければ、ここからずっと動けないのだぞ。次なる囚われの身の境遇を体験する気は、わたしにはない！」

ペリー・ローダンは奇妙な心痛を感じた。興奮した声が響いたとき、無意識にとりなしを期待していたのだ……しかし、当のポルレイターは明らかに自身の利益しか考えていなかった。

「自力で船を建造できる」ラフサテル＝コロ＝ソスが主張する。

「ここで、この惑星で？　不可能だ。あるいはできるかもしれないが、長くかかりすぎる。われわれ、可及的すみやかに新モラガン・ポルドにもどらなければならないのに」

コロは活動体の青いかたくなな八個の目で相手を見すえ、

「そのとおりだ」と、結局は譲歩する。「だが、異人を施設に連れていく理由にはならない。われわれ、ロボット制御の船で飛ぶこともできる」

「救出者たちがそのような船を自由に使わせてくれると考えているのか？」

「あたりまえだ！　かれらはフロストルービンの秘密を究明することに執心している。それに関するデータは新モラガン・ポルドに保管されている。これらのデータを入手するためなら、なんだってやるだろう……一、二隻のロボット船など安いものだ！」

「かれら、望む情報の対価はとっくに支払っていると思わないか？」だれかがおずおずとたずねる。「非常に不親切な出迎えをうけたにもかかわらず、この球状星団にやってきて、われわれを発見・救助するまで手をゆるめなかった。このうえ、さらなる犠牲を要求することが、正しいと思えるのか？」

「犠牲とはなんなのだ?」ラフサテル＝コロ＝ソスはあざけるようにがらがら声でいう。「われわれを助けるために、そうしたとでも思っているのか? われわれを救うのは、かれらのためになることなのだ。ほかにフロストルービンにつづく道がないから。それがすべてだ」

「それは公正ではない」べつのポルレイターが怒っていう。「かれらはそんなに長くわれわれを探す必要はなかったし、統合牢獄から助けだす必要もなかった。新モラガン・ポルドへ飛ぶこともできたろうし……」

「どうやって?」コロが鋭くいう。「五惑星施設がどこにあるのかも知らないし、そこにはいる手段も持たないのに。太古の防衛システムにあれ以上長く耐えることは、かれらにはけっしてできなかった。しかも、これまでは球状星団の周縁宙域に進入したにすぎない。さらになかにはいるチャンスはなかったろう」

「しかし……」

「もういい!」ラフサテル＝コロ＝ソスは叫んだ。四本脚でできるだけ高くのびあがり、はさみ状の両手を威嚇《いかく》するように高々とあげる。「われわれが何者であるのか忘れたのか? この惑星が自分たちのあらたな牢獄になるかもしれないと思ったのだろうが……感謝というものをまちがって理解したら、それも牢獄になりうると考えてみたことがあるか? 新モラガン・ポルドはわれわれだけに属するものでなければならない。そうでなくなることは、われらが種族、われらが目標、われらが過去に対する裏切りだ。われわれはみずから決断し、自力であそこからはなれたのであり、まさに同じようにしてもどらなければならない。自発的に、強制されずに……」

「だれもわれわれを強制したりしていない……」

「感謝も強制につながることがあるのだ」コロが異議をがなりたてる。「まったく根拠のない感謝のために目的を忘れ、掟を破り、過去を忘れ、われらが種族のほかの者たちが命をかけたことがらを、すべてないがしろにするのか？」

ホールは、不気味なほどのしずけさにつつまれた。

「きみは正しくない」しばらくして、ポルレイターのひとりが発言し、出口に向かう。ほかの数人もつづく。しかし、多くの者は不安げにラフサテル＝コロ＝ソスのもとにとどまっている。

ローダンはスクリーンを消し、

「コロの支持者はどのくらいいるのか？」と、冷静にたずねる。

「ほぼ三百人のポルレイターが、似たような考えをいだいています」フェルマー・ロイドがしずかに答える。「この演説でさらなる三百人がコロの路線に転じたといえるでしょう」

「支持者がさらに増える可能性は？」

ロイドは考えこみ、かぶりを振りながら、

「判断はむずかしいですね」と、つぶやく。「しかし、ないと思います。とはいえ、充分な時間があれば……」

「いつからこのような状態なのだ？」

「数時間前から」

「起こしてくれればよかったものを！」

テレパスはかすかに笑い、

「こえるべきではない境界がありますから」と、おだやかにいう。「あなたには休息が必要でした。それはさておいても……このことで、なにかできたと思いますか？」

「なにも」ローダンは意気消沈して白状する。

「友オソがあなたに会いたがっています。それが、わたしがここにきた理由でして」

クリンヴァンス＝オソ＝メグ！

この〝第一覚醒者〟が自種族の歴史を語ったのだった……すくなくとも、ポルレイターの統合にかかわる部分を。報告はかならずしも完全なものではなかったし、ローダンもそれはわかっていた。それでも、かれには特別な親近感をいだいている。

オソは嘘はつかないだろう。はぐらかしたり、沈黙したりするかもしれないが、誠実でありつづけるだろう。それに、もうひとつ。ラフサテル＝コロ＝ソスの仲間にはくわわらないだろう。

「どこにいる？」

「外で待っています」

「なぜ、なかにはいってもらわなかったのだ？」

テレパスはほほえみ、

「わたしがかれにいったのです、この件についてまずあなたに情報をあたえるべきだと」と、説明する。「オソも同意見でした。ただ、コロの話に耳をかたむける価値はないと考えていましたが」

「なぜだ？」ローダンは用心深くたずねる。

テレパスは曖昧なしぐさをして、

「ひょっとしたら、同胞があそこで話した内容を恥じているのかもしれません」と、低い声でいう。

ローダンは無言でドアまで行き、開ける。活動体のこわばった目をじかに見た。

「はいってくれ、オソ」

ポルレイターは動きだし、スクリーンの近くでとまった。ドアが閉まるのが聞こえる。この機をとらえ、フェルマー・ロイドがひかえめに退室したのだとわかった。それを歓迎すべきなのかどうか、ほんとうのところはわからない。とはいえ、わからないことばかりである。とほうにくれて、ローダンはクリンヴァンス＝オソ＝メグをじっと見た。自分がなにをいい、どう反応すべきかわからないなどということは、めったに起こらないのだが……これは、そのようなまれな状況のひとつだった。

ポルレイターは気まずい瞬間を巧みに避けた。ローダンの関心を、こんどの出来ごとのために背景に押しやられていた一点に向けたのだ。

「フロストルービンに関して話さなければならないことが」と、いう。

ローダンはこわばる。ラフサテル＝コロ＝ソスと倉庫ホールでの集会のことなど、どこかへ吹き飛んだ。

フロストルービン……三つの究極の謎のひとつ。

「なにを話したいと？」ローダンはかすれた声でいう。

「あなたがラフサテル＝コロ＝ソスの演説を聞いたのは知っている」オソが低い声でいう。「わたしはかれの論拠を知りすぎるほど知っている。コロはくりかえし、われわれの最後の偉業について言及する。その偉業がなんであるのか、あなたには知る権利があると思う。つまり、われわれ、危険なフロストルービンを封印したのだ」

「封印した？」ローダンはあっけにとられる。「どういう意味だ？」

「新モラガン・ポルドに行けば、わかること。そこに、封印場所の座標やほかのデータすべてが保管されている。われわれ、新モラガン・ポルドに行かなければ！」

「それはあなたの同胞たちにいってくれ」ローダンはつっけんどんにつぶやく。

「いったとも」オソが真剣にいう。「何人かは耳をかたむけたが、ほかの者たちは聞いてもくれない」

ローダンはポルレイターを……より正確にいえば、その活動体を……見つめて、考えをめぐらせ、低い声でいう。

「チェスという遊びがある。自分でもよくやったものだが」

「それはなんだ……チェスとは？」

説明しているあいだ、オソは身動きひとつせずに聞きいっていたが、

「野蛮なゲームだ」と、ついにいう。「わたしが正しく理解したとすれば、ヒエラルキーによる選択という原始的な原理にもとづいている。一見すると重要でないポーンをなんのためらいもなく捨て、ビショップやナイトを救い、ついには、これらより重要な駒も犠牲にし、まったく無能な萎《な》えたキングを助けるのだから。どれほど多くの駒が排除され、どれほど多くが生きのころうが、ゲームの流れにとってはとるにたりない。決定的なことはキングの勝利であり、この勝利にどれだけの犠牲者が必要とされたか、だれも数えない。あなたはそんな哲学にしたがっているのか？」

ローダンは驚いて客人を見つめ、

「いつだったか、チェスの似たような解釈を読んだことがある」と、つぶやく。「しか

し、ずっと昔のことだ。子供時代にちがいない」

その子供時代ははてしなく遠かった。それにもかかわらず、思いだそうと試みたが、ついには、あきらめる。

「おぼえているかぎりでは、小説だったのだが」と、低い声でいう。「真の意味での幻想小説で、善と悪との戦いだ。著者はテラの月名のひとつだったが、チェスをおろかなゲームだといっていた。なぜなら、犠牲者を出しながら、勝者は死体をこえて進まなければならないから」

「利口な人間だったのだろう」

ペリー・ローダンはそれに対してなにもいうつもりはなかった。

また読書すべきだな、と、考えた。はいってくる報告書だけでなく、古風なスタイルの本も読まなくては。最後に読んだのは、どれくらい前のことだったか？

かんたんに思いだせたかもしれないが、そのままにした。永遠に近い月日が過ぎたように思われ、奇妙なメランコリーに襲われる。この思いは、すべてがはじまった時代に関連するものだ。いつの日か、思いだすときがあるだろう。しかし、いまはほかにもっと重要なことがある。ローダンは、クリンヴァンス＝オソ＝メグがはいっている活動体の無表情な青い目を見つめ、深呼吸をし、

「わたしは、チェスをかならずしもそのようには思っていないが」と、低い声でいう。

「しかし、しかるべき理由から、投げられた餌《えさ》には食いつかなければならないと考えている。コスモクラートは、われわれに三つの究極の謎をあてがった。フロストルービンはそのひとつだ。よくわかっていると思うが、このテーマに関するどんな情報でも追求するしかない。なぜ、わたしに情報を伝えた？　たとえ餌がなくとも、考えられるあらゆるリスクをとる覚悟はあるが」

「あなたが考えを変えるかもしれないと思ったのだ」クリンヴァンス＝オソ＝メグは慎重にいう。

「ありえない！」ローダンはきっぱりという。「フロストルービンにかかわるデータが必要なのだ」

8

ラフサテル＝コロ＝ソスは、表情のない八個の目でローダンをじっと見つめ、「わたしがなにをもとめているか、わかるだろう」と、感情をまじえずにいう。「船を一隻、使わせてもらいたいのだ」

「いつでもどうぞ」ローダンは友好的に答える。「《ラカル・ウールヴァ》はスタート準備ができている。われわれ、いつでも移乗できる。いつ出発するか決めてくれ」

コロは一瞬、狼狽《ろうばい》するが、すぐにたちなおり、

「あなたがたといっしょに飛ぶつもりはない」と、かなり大きな声でいう。「要求するのはロボット制御の船で、新モラガン・ポルドへ行くためのものだ……われわれだけで！」

「さて。本来、べつの前提から出発したはずだが。あなたがたを救出したさい、われわれが五惑星施設へ連れていくという約束だった。おぼえていないのか？」

「おろか者数人が最初の興奮のなかで異人とかわした約束など、わたしにはなんのかか

わりもないこと」ラフサテル＝コロ＝ソスが乱暴にいう。

「ポルレイターは、約束と感謝に関して、奇妙な考え方をするようだな！」

活動体の硬直した顔は所有者の感情を表現することはできないが、コロが緊張したのは明らかだ。

「感謝だと！」と、吐きだすようにいう。「そのような言葉でわれわれを脅そうとするほど、あなたがたは未熟なのか？　それで監視騎士団のメンバーといえるのか？」

「わたしにはほかに選択の余地がない」ローダンがしずかにいう。「あなたは、船を一隻、使わせるようもとめている。あなたがたがそれに乗って永久に消えてしまわないと、だれが保証できるのだ？」

「われわれが約束する……」

テラナーは大声で笑い、

「そんなものになんの価値もないことを、たったいま、あなたがはっきりと見せつけたではないか」と、冷ややかにいう。「だめだ、コロ、わたしはけっして妥協しない。全員でいっしょに飛ぶか、あるいはわれわれ自身で、ポルレイターの助けなしに謎を解く試みをするかだ。あなたがたが船を手にすることはない」

「新モラガン・ポルドにはたどりつけないぞ！」

「それがどうした？　フロストルービンに通じる道はほかにもあるはず」

「われわれだって、テラナーの助けがなくとも五惑星施設に到達できる!」

「それはよかった」ローダンは平然という。「あなたがたの数人は、わたしにとても共感をいだいている。のこりの人生をオルサファルで終わってもらいたくはない。ま、かれらはべつの決定をし、われわれといっしょに行くかもしれんが」

「それは阻止する!」ラフサテル＝コロ＝ソスが威嚇的にいう。

ペリー・ローダンはため息をつき、

「どうやら、あなたがたポルレイターをとんでもなく過大評価していたようだ」と、低い声でいう。「行って、仲間と話しあうがいい。このような持久戦に意味があるのか、よく考えることだ。そうするあいだにも、セト＝アポフィスの工作員が新モラガン・ポルド全体を混乱させているかもしれんが。それから、ラフサテル＝コロ＝ソス、わたしの忍耐にも限度があるぞ。あなたがたのために、もうそう多くの時間を犠牲にすることはできない。われわれ、まもなくオルサファルをはなれる。決断はあなたがたにゆだねられた。本気でいっておく。オルサファル時間の一日後に決断にいたらなければ、あなたがたは、施設からの輸送船を待つほかなくなるということ!」

ポルレイターはローダンを微動だにせずじっと見る。それから、ゆっくりと横を向き、ジェン・サリクを見つめ、

「あなたも同じ考えか?」と、問う。

ジェン・サリクはゆっくりうなずき、

「そうだ」と、確認する。

一瞬、コロはこの場にいる者全員に順番に視線を投げるかのように思われたが、べつの決定をした。無言で出ていったのだ。

「ほんとうにあのようなことを考えているのですか？」ポルレイターが声のとどかないところまではなれると、ジェフリー・アベル・ワリンジャーがたずねた。

ローダンは顔をゆがめ、

「かれらがそろそろおちつきをとりもどすことを望んでいる」と、つぶやく。「そのためのひとつの試みだ。それ以上でも、それ以下でもない」

「で、かれらがかたくなな態度を崩さなければ？」

「そのときは、なにかべつのことを考える。しかし、わたしはオソとその仲間たちに期待している……多数派だ。かれらが状況の深刻さを認識すれば、自己主張し、あの老いた頑固者に道理をわきまえさせられるだろう」

「ぼかあ、かれらが自己主張するとは思わないね……どっちにしろ、あんたが考えているようにはね」グッキーは平然という。

「なぜ？」ローダンは驚いてたずねる。

「かれら、あんたにはそっと飛びさることなどできないと思っているもん」

「だとすれば、思いちがいをしている」ペリー・ローダンは怒っていう。「わたしもうんざりしているのだ。ここで時間を浪費することで、ポルレイターたちはわれわれのじゃまをしている。これでは、先に進めない！」

「どうするつもりですか？」ワリンジャーが低い声でたずねる。

ローダンは困りきって両手をひろげ、

「わからない」と、白状する。「しかし、ポルレイターはどこかおかしいのではないかという感じをいだくようになってきた。真のポルレイターがあのようなふるまいをするとは考えられない」

「しかし、あれはほんもののポルレイターです」フェルマー・ロイドがはっきりいう。

「グッキーとわたしが思考を探ったので、詐欺師じゃないと認識はできますよ」

「もちろん、詐欺師ではない」ローダンが怒っていう。「しかし、だからといって、かれらがM-3にきた当時のままというわけはあるまい。ぞっとする長い囚われの状態により、完全に変わった可能性はある」

「ほんとうにそうなら、われわれ、ポルレイターから得るものはないでしょう」と、ワリンジャー。

ローダンはどうしようもないといいたげに、

「けっして希望を捨てるべきではない」と、つぶやく。

一時間後、ラフサテル＝コロ＝ソスは支持者とともに《トレイガー》を出た。他艦のポルレイターたちも同調した。七百名ほどのポルレイターが着陸場の縁まで移動し、そこに集まり、暴風雨にがまん強く耐えている。

活動体は非常に抵抗力がある。身を守る屋根も空調装置も不要だ。もっとはるかに生存を脅かす環境にも耐えられるだろう。全員、ほとんど動くことなく、ぬかるんだ地面にしゃがみ、囚われの身でいたさいに獲得した忍耐力で待っていた。水かさが増し、ぬかるみに沈んでしまいそうになると、ときどき場所を変える者もいる。

なにを待っているのか、容易に推測がつく。要請した船がくるのを待っているのだ。たった一隻でもくれば、かれらの勝利なのだろう……そうなれば、たぶん着陸の瞬間に、さらなるポルレイターが仲間にくわわるにちがいない。

だが、雲におおわれたオルサファルの空に船はあらわれない。グレイの雲のなかで暮らす謎の鳥だけが、ときどき鳴き声をあげる。それは永遠の断罪をうけた魂のように聞こえた。雨が音をたて、色とりどりの稲光がまたたき、沼地の上では幽霊めいた光学現象が起きていた。

ペリー・ローダンはクリンヴァンス＝オソ＝メグのもとを訪れ、

「われわれ、問題の解決をはからなければ」と、いう。「残念ながら、もうこれ以上は待てない。あなたとその仲間が新モラガン・ポルドに案内してくれる用意があるなら、ラフサテル＝コロ＝ソスとその支持者たちができるだけすみやかにあとを追えるように手配しよう……たとえば、ロボット船で」

「フェアな提案だ」オソが認める。「しかし、うけいれることはできない」

「なぜ？」

「すでにいったように、ポルレイター全員が新モラガン・ポルドへ向かうか、だれも行かないか、どちらかだから」

「頑固さにもほどがある！」ローダンの口をついて出る。「施設から船一隻がここに着陸したとして、どうなると思う？ ほかの船も到着し、全員がいっしょにスタートできるようになるまでコロが待つなどと、ほんとうに思っているのか？ かれはあなたがたを嘲笑し、眉ひとつ動かさずに飛びさるだろう……これは比喩的表現だが」と、当惑ぎみにつけくわえる。活動体は笑えないし、存在しない眉を動かすこともできないから。

「いいたいことは、とてもよくわかる」オソはしずかにいう。「あなたのいうとおりだということも、全員わかっている。それでも、われわれの要望は変わらない」

「だったら、《ラカル・ウールヴァ》に乗りこむよう、同胞を説得してくれ！」

「すでに試みた。成功はしなかったが」

「オソ！」ローダンは絶望的な気持ちでいう。「われわれ、もうこれ以上は待てないのだ！ ダルゲーテン二名をおぼえているな？ かれらの乗った船がわが艦隊のもとに到着した。二名は苦労して戦っている……セト＝アポフィスに、またもや意志のない道具にされようとしているから。超越知性体はすでにM‐3にいるのだ。この宙域でどれくらいの工作員が活動しているのか、だれにもわからない。要請した船がこないのも、セト＝アポフィスが五惑星施設をとっくに支配しているあらわれであるかもしれない。だとすれば、われわれに成功の見こみはない。が、セト＝アポフィスはたぶんまだ目的地に到達していないと思う。だから、われわれが先につかなければならないのだ。これでも理解できないか？」

「とてもよく理解している。それにもかかわらず……妥協点はない」

ローダンは一瞬、目を閉じ、十まで数え、

「わかった」と、ついにいう。「もうひとつ提案がある。フロストルービンについて知っていることすべてを話してくれれば、ロボット船一隻を自由に使ってかまわない」

「フロストルービンに関するすべてのデータは新モラガン・ポルドにある。それを手にいれよ」

ローダンは両手で頰杖をつき、この頑固者たちとの意思疎通をどのようにはかればいいのか、必死で頭をめぐらせる。しかし、いくら努力しても、なにも思いつかない。

「せめて、ちょっとしたヒントをもらえないか」かなりの時間がたってからたのんだ。

「われわれ、なにをすべきなのか？　われわれがラフサテル＝コロ＝ソスとその支持者たちを力ずくで《ラカル・ウールヴァ》に乗せるのを、あなたは期待しているのか？」

クリンヴァンス＝オソ＝メグは答えない。

「しかたないな」ローダンがついにため息をつく。「ロボット船を提供しよう。わたしは新モラガン・ポルドへ行くのを断念する。フロストルービンはなるようになればいい。それがあなたの望みか？」

「ちがう」オソはおちついていう。「わたしはあなたがたの同行を望んでいる」

ローダンはうんざりしたように笑い、

「外にいる者たちはそれを望んでいない」と、きっぱりいう。「そして、あなたがたはかれらを置いていくつもりはない。他方、あなたがたはかれらを説得できないし、かれらはまったくわたしのいうことを聞かない。いったい、なにを思い描いているのだ、オソ？　わたしになにをすべきだと？」

「あなたは深淵の騎士だ」オソは低い声でいう。「それがなにを意味するのか、わたしは知っている。もうひとりの騎士は、とっくに解決策を見つけているのでは。あなたの友は、あなたになんと忠告した？」

「男四人を使って運んででも、ラフサテル＝コロ＝ソスを乗船させろ、と」

「で、あなたはそうしたくないのだな？」

「ああ。あなたがたはポルレイターだ。どれほど変わったのかはわからないが、ポルレイターに対して暴力は使いたくない。たとえ、それが最良の手段だとしても」

「ほかの種族だったら……」

「フロストルービンの秘密を守るほかの種族など存在しない」ローダンは怒ってはねつける。「が、そうだったら、べつのふるまいをするという意味ではない。友好的に問題を解決する可能性はつねにある。たっぷり時間があるのであれば、われわれは待つだろう……そして、数年してもあなたがたの船が一隻もあらわれなければ、われわれ、たしかに合意に達することができるだろう。しかし、いまは時間がかぎられている！」

「たしかに」と、オソは驚いていう。「あなたがたの目をフロストルービンに向けさせたのはコスモクラートだといったな？　そうするからには、なにか考えがあるはず。かれらがなにを考えているのかは、だれもわからないが。われわれのような生物にとっても、かれらの目的を見とおすことは不可能だ。しかしそれでも、あなたがたにあたえられた使命、われわれの最後の偉業、ダルゲーテンの助けでわれわれが囚われの状態から救いだされた状況のあいだには、関連があると考えられる」

「それはどういう意味か？」ローダンは呪縛されたようにたずねる。

「フロストルービンを封印したのはわれわれだが」オソは淡々という。「それはなんといっても、あなたがたの年代計算で二百万年前のことだ。セト＝アポフィスもフロストルービンの秘密を追いもとめているという前提から出発すると、長い年月ののちにこの封印が解かれたか、あるいは近い将来に解かれると考えなければならない。その結果は破局的なものとなる。それが、あなたがたにフロストルービンがしめされた理由かもしれない。あなたがたがM－3にきたことも、ひょっとしたら偶然ではない」

ペリー・ローダンはポルレイターを啞然として見つめ、

「理解した」と、しばらくしてからいう。「オソ……《ラカル・ウールヴァ》へうつってもらいたい。あなたの仲間にくわわりたいと思っている人々にも、キャビンを変えるようにいってほしいのだが」

「われわれ、ほかの者を置いてこの惑星をはなれるつもりはない」クリンヴァンス＝オソ＝メグはかたくなにくりかえす。

「わかっているとも」ローダンは断言する。「そうはならない！」

＊

活動体の強さが平均的な人間に劣るということは、ずっと前から確認されていた。ただし、ポルレイター反射のときには、より強い力を発揮するが。

というわけで、宙航士たちはさほど苦労せず、ラフサテル＝コロ＝ソスのまわりに集まって抵抗するポルレイターの面々を《ラカル・ウールヴァ》に運びこむことができた。

もちろん、なかには大声で抗議し拒む者もいたが、どうということはなかった。

数人の乗員がなんだかおもしろそうに作業しているのを見て、ローダンはややうしろめたい気持ちになった。他方、理解できないわけではないと認めざるをえない。だが、それでも宙航士たちはたえずフェアでひかえめに、ポルレイターたちにやさしく接していた。

ポルレイターたちは無力だった。抵抗の試みは不器用だが、ときとして涙ぐましく、驚くべき効果を発揮した。艦内ではたんに〝バルバロッサ〟というあだ名で知られるスプリンガーのイルガモンなど、突然、ローダンにたのんだくらいだ。すくなくとも数人はオルサファルにのこしてもいいのではないか、と。

そのイルガモンやほかの者たちを納得させたのは、《ラカル・ウールヴァ》出発にさいしてのポルレイター反射だった。

いまは目的地の新モラガン・ポルドに向けて飛行中である。以前はきわめて反抗的だったコロの支持者たちは、突然、スクリーンの前でおちつきをとりもどした。恒星や星雲や光の嵐や、この球状星団が秘めた、部分的にしか説明がつかない諸現象を眺めている。そのようすは、これらすべての現象に、よき旧友のごとく挨拶しているかのようだった……これは、かれらがどれほど故郷の近くにいるのかをしめすものだろう。

しかし、旅の最初の部分で、困った一場面があった。

ローダンはブラッドリー・フォン・クサンテンにたのみ、複合艦隊に通知させておいた……単縦陣をたもって《ラカル・ウールヴァ》を追尾するようにと。できるだけポルレイターの目につかないように充分はなれると同時に、けっしてシュプールを見失うことのないように。

M‐3はいまはまったくノーマルな球状星団のような様相だ。太古の防御メカニズムはもはや働いていない。しかし、それは、M‐3がまったく危険ではないということではない。方位測定を妨げる諸現象があり、艦隊はときとして、本来計画した以上に《ラカル・ウールヴァ》に接近しすぎることを強いられた……そうしなければ、かんたんに旗艦を見失ってしまう。

ラフサテル＝コロ＝ソスは、帰郷したいという考えにとらわれていないポルレイターのひとりだ。それゆえ、ペリー・ローダンは司令室にくるようたのんでいた。そこにはクリンヴァンス＝オソ＝メグもいた。両ポルレイターは熱心に、正反対の考え方を表明しあった。それは論争というほどのものでも、ローダンをとりまく宙航士たちに対して立場を正当化しようという試みでもなく、声をひそめて事務的におこなわれた。両ポルレイターがいかなる立場を代表しているにせよ、テラナーとその同盟諸種族にあらたなヒントをあたえたくなくて、そうしているわけでもないようだ。話しあいはゆっくりと慎重に、中休みをはさみながら進んでいった。

そのような中休みに、それは起きた。突然、二百八十隻からなる艦隊がパノラマ・スクリーンにうつったのだ。だれにでもはっきり見える……ポルレイターふたりにも。

しばらく、しずまりかえった。司令室のどこにいてもピンが落ちた音が聞こえるほどに。それから、ラフサテル＝コロ＝ソスが、そうすればもっとよく見えると思ったかのように、ゆっくりとスクリーンのほうに進む。スクリーンのすぐ下でとまり、長いこと見つめていたが、

「けしからん！」と、ついに低い声でいう。ゆっくりとからだを回転し、クリンヴァンス＝オソ＝メグをにらみつけ、

「これらの光点がなにを意味するか、まさか、きみにはわかるまいな？」と、威嚇するようにきく。

「なぜ、わからないと？」オソはしずかにたずねるが、驚いているようだ。いや、度を失っている印象すら、ローダンはうけた。それでも、コロの質問はもっともなものだといえる。クリンヴァンス＝オソ＝メグは水利権の専門家だ。ポルレイターがその職務をどう理解しているにせよ、水利権担当というのは宇宙航行に直接かかわるものではないだろう。それに対して、コロは……名前の最後の部分〝ソス〟が正しく翻訳されているとするなら……地質学者のようなものであり、その領域では相当の経験を積んでいるかもしれない。

「われわれ、だまされた！」ラフサテル＝コロ＝ソスは吐きだすようにいう。「それに

気づかないのか？　とりわけ、わたしの話を聞こうとしなかったきみのほか、おろか者たちがだまされたのだ。わたしがいったとおりだと、いまわかったか？　かれらの関心はわれわれになどこれっぽっちもなく、唯一、新モラガン・ポルドにあるだけなのだ。力ずくで、つきすすもうとするだろう」

「まだ、そこまでは」オソが弱々しくいう。「この艦隊は、保安上の必要から連れてきたものかもしれない」

「ばかな！」コロが嘲笑するようにいう。「だったら、なぜ正直にそういわなかったのか？　なぜ艦隊はずっとかくれていたのか。われわれ、たまたま見ることができたわけだが……この計画がそのまま運んでいれば、なにも知らないまま、この艦隊に五惑星施設へのコースをしめすことになっていた！」

「いまさらひきかえすことはできない」オソは低い声でいう。「もう、遅すぎる。わかるだろう、コロ……お願いだ！」

「わからない！」と、ポルレイターは声を荒らげる。からだの向きを変え、ローダンを見すえて、冷ややかにいう。「即刻、ひきかえすことを要求する！」

「不安がる理由はまったくない」ローダンはしずかにはねつける。「クリンヴァンス＝オソ＝メグのいうとおりで、この艦隊はわれわれを、ひいてはあなたがたポルレイターを、予想できない危険から守るためのものだ。なんといっても、非常に長い時間が経過したわけだから。新モラガン・ポルドで、なにがわれわれを待ちうけているかなど、だれにもわからない。われわれに運がなければ、施設はすでにセト＝アポフィスの工作員たちが掌握《しょうあく》している。また、《ラカル・ウールヴァ》にしても、M－3における純粋に物理的な状況のせいで危険におちいる可能性だってある。この艦が破壊されると、どうなると思う？」

「最後の深淵の騎士ふたりが死んでしまう」ラフサテル＝コロ＝ソスは不機嫌に認める。ローダンはかすかに笑みを浮かべ、

「それはまったく考えていなかった」と、コメントする。「わたしに重くのしかかっているのは、生きのこったポルレイター種族すべてが、一隻の宇宙艦にいるということ。あそこにいる艦隊はたんにわれわれだけではなく、とりわけあなたがたの繁栄のために尽力する保安処置なのだ」

「なんと気高い！」コロがあざけるようにいう。「しかし、あまりに気高い心を持ちすぎると自殺行為になる。これほどの部隊では、けっして新モラガン・ポルドには到達できない！」

「艦隊はしかるべき隔たりをたもつ」ローダンはおちつきはらって説明する。「これほど接近したのはまったくの偶然であり、われわれのシュプールを見失わないためだ。外部状況がもっとよくなれば、われわれがはるかに先行する。あなたがたの施設の防衛シ

ステムが、艦隊に対してなんらかの処置をとる理由など生じない。なぜなら、わきにはなれているから。一隻たりとも、やむをえない理由なく、新モラガン・ポルドへ進入したりしない」

「施設について、なにを知っている！」コロはけなすようにいう。「しかし、わたしはそれでかまわない。最初から、異人を新モラガン・ポルドに連れていくことには反対だった。とはいえ、あなたがたがみずからチャンスをふいにするとは、予想すらしなかったが。あなたがたは、わたしが思っていたよりも、はるかにおろかだ！」

「好きにいうがいい」ローダンはしずかに答える。「艦隊は今後もわれわれのあとを追ってくる……それがあなたにとって好ましかろうが、そうでなかろうが。われわれは新モラガン・ポルドについてはなにも知らないかもしれないが、そのかわり、ある種の超越知性体が考えだしそうな策略に関しては、あなたがた以上に知っている」

ラフサテル＝コロ＝ソスはいまにも感情を爆発させそうだった。それはわかっていたが、ローダンは、この点は譲歩できないと決めていた。統合直前の日々に関するクリンヴァンス＝オソ＝メグの報告は、いまもはっきり記憶にある。ローダンは、ポルレイターに逃れえぬぞっとするような運命を背負わせた狂信状態のことを考え、同じ狂信的な意志のかたさがいまのコロにも見られると確信した。コロは新モラガン・ポルドが難攻不落だという信念を持っている。しかし、そういう信念はあてにならないと、ローダンは知っていた。

クリンヴァンス＝オソ＝メグは……おそらく無意識にだろうが……それをはっきりと表現していた。ポルレイター種族の最後の偉業はフロストルービンを封印することだったにもかかわらず、この封印が長い時間をへたいまも持ちこたえていると確信することはできない、と。新モラガン・ポルドを創設したとき、ポルレイターは進化の頂点をすでにこえていた。その種族の一メンバーが、フロストルービンの封印は……それがなんであれ……解かれた可能性があると考えるなら、五惑星施設は難攻不落だということを疑ってかかるのが、理性的である。

ラフサテル＝コロ＝ソスは、数分間の沈黙のあと、司令室から出ていった。艦隊は、なおすこしのあいだ、パノラマ・スクリーンにうつっていたが、しだいに後退していった。ローダンはオソのほうを向き、

「見てのとおりだ」と、なだめるようにいう。「われわれは、あなたがたや施設を断じて挑発したりしない！」

「艦隊がスクリーンから消えただけで充分だと考えているのか？」と、クリンヴァンス＝オソ＝メグが低い声できく。「今回は、コロのほうが正しいと認めなければならないのかもしれない。新モラガン・ポルドは艦隊の存在に気づくだろう……そうなると、あなたがたをはいらせないようにするはず」

「どうなるか、やってみよう」ローダンは怒ったようにつぶやく。なぜなら、このポルレイターにいままで以上の支援を期待していたから。

「艦隊に、球状星団の辺縁部までひきかえすよう、命令を出してもらいたい！」と、オソは迫る。

「それはできない！」ローダンはきびしくいう。

オソはなにもいわず向きを変えると、出ていった。

マゼラン行きのキャラバン

エルンスト・ヴルチェク

登場人物

アトラン……………………………アルコン人

タンワルツェン…………………《ソル》船長。ハイ・シデリト

ミッチ・セグイン………………《ソル》乗員。スプーディの警備責任者

アンジャ・ピグネル……………《コロアード》船長

ランダルフ・ヒューメ…………《コロアード》の密航者

フレム・サムヘイゲン…………トルペクス商館チーフ

スバルヴォア……………………トルペクス商館職員。カメレオン人

ゲシール…………………………謎の女

プロローグ

おまえは人生を振りかえってみて、自分は特別な存在ではないのだと思う。並はずれた能力があるわけでも、風采や性格が傑出しているわけでもない。実現したいと望んでいた青春時代の高い目標はとっくに捨ててしまった。自分にはそんなことできないにきまっている、そもそもそんな運命ではなかったのだと、気持ちに折りあいをつけて。到達したすべてが、懸命にがんばった結果にちがいないと。

いや、そもそもそなわっている素質以上に到達したという者もいるかもしれない。それはそうかもしれないが、一日の命しか持たないカゲロウが、いくつもの日の出を夢みていないと、だれにわかるだろう？　おまえもカゲロウのように、夢にけっして近づけないし、成就することはない。これ以上は無理だと思うところまでやったのに、到達しようと思っている目標がはるか彼方にあると知るのは、むごいことだ。そしてまた、自分の真価はこんなものじゃないと高いところに置いていたのに、根本においてほかの人々となんら変わるところがないと納得しなければならないのは、非常に痛みのともなう認識だ。

おまえはこれらすべてを、それほど劇的に目《ま》のあたりにしたのではなく、ただ振りかえったにすぎない。ほんとうはまったく不満足だったわけではないのに、いまになって不満を感じたのだ……それも、これまでの人生に関してだけ。とはいえ、〝なにかになった〟ことを少々誇りにすら感じていた。残念に思ったのはせいぜい、必要な才能やカリスマ性、さらにはある種の魅力、エスプリ、そして……そう、溌剌《はつらつ》とした生来の才知がたりなかったことくらいで。この真摯な自己分析をした結果、自分は選ばれし者ではなく並の人間であると、いやおうなしに知ったのだった。

しかし、突然、それが変わった。一秒ごとに変わっていった。なにかがおまえに軽く触れ、おまえを特別にした。

いまや、おまえには使命がある。それは、おまえにとっての成就だ。高次の者に定められたのだと、突然、知ったのだから。

おまえは選ばれし者のひとりだ。

人生を振りかえってみて、何者でもないと考えていたおまえが、〝招聘《しょうへい》〟をうけたのだ。それはおまえにとっては……追いかけても追いかけても手にいれられなかった、いわば夢の実現のようなもの。

セト＝アポフィスのやり方は、じつにはかりしれない……だが、いつかはおまえたちのことを思いだす。それを知るのは、心安らぐものである。

1

ハンザ・キャラバンは、目的地到達前の最後の中間静止ポイントにやってきた。三百八十隻からなる船団の半分はカラック船で、のこる半分は軽重ハルク船。さらにコグ船半ダースもふくまれる。

指揮船《コロアード》もコグ船である。全長わずかに百十メートル、精密機器を少々積んでいる。

ハンザ・キャラバンは数日前に太陽系を出発し、マゼラン星雲をめざしていた。正確にいうなら、大マゼラン星雲にあるトルペクス商館だ。

周知のように、トルペクスはいわゆる時間転輸機《てんてつき》の散乱放射にさらされ、撤収を余儀なくされた。すべての時間転輸機を破壊したあと、時間塵を撤去し、損害をこうむった商館を可能なかぎりたてなおした。トルペクスの場合、これらの作業を実行したのはコズミック・バザールのベルゲンだった。三カ月たった現在、トルペクス商館はおおかた修理が終わり、あらたに商業活動ができるようになった。

　船倉にはちきれんばかりに積みこんだ商品を、大マゼラン星雲で売りさばくのがハンザ・キャラバンの任務だ。

　船団の全船には、最新式のメタグラヴ・エンジンが装備されており、全行程をたった一回の超光速飛行で翔破できなくもない。それにもかかわらず時間のかかる段階的航行をするのは、なんといっても距離が十七万光年と、とほうもなく長いからだ。

　ハイパー空間航行には微少なコース誤差が生じるもので、それは翔破距離に比例して拡大する。今回のような場合、船団全体が分散して、広範な宙域にちりぢりになってしまいかねない。宇宙ハンザの保安規定では、キャラバンの一編隊は充分に密集した隊形をとることになっている。そのため、時間のかかる航法を採用し、こういう長距離は段階的にこなすことになるのだ。

　船の再集合にはこのような中間静止ポイントが設けられ、各船は平均して五百キロメートル以内に接近する。次のハイパー空間段階をふたたび密な隊形でおこない、可能なかぎりコース誤差をちいさくおさえるためだ。

　マゼラン行きハンザ・キャラバンのこれまでの航行で、これといった突発事故はいっさい起きておらず、最後のこの中間静止ポイントへの集合も、お決まりのわずらわしいルーチンと思われていた。

目的地の一万光年手前で、三百八十隻の船はほとんど同時にハイパー空間航行の超光速段階を終え、アインシュタイン宇宙に姿をあらわした。最初の測定によると、許容限界をこえた船がわずかに数隻あり、もよりの編隊から二千キロメートル以上はなれていたが、予想外というわけでもない。航行はこれまで順調に進んでおり、ほとんどの船長はもう目的地についたも同然と考え、積み荷の荷おろしやトルペクス商館の新設備の構造やらで頭がいっぱいだった。

そこに、船一隻が行方不明であるという、驚くべき報告があがってきた。なんと、指揮船《コロアード》である。だらだらとルーチン作業をこなしていた乗員に、驚愕がはしる。しばらくは手のつけられない混乱がつづき、ハンザ・キャラバンの秩序は重大な危機におちいるかにみえた。

しかし、やがて事態が明らかになる。《コロアード》が探知されたのだ……およそ二十万キロメートル後方に。最後に翔破したハイパー空間段階の三万光年とくらべたら、なんということのない距離だ。しかし、いったいどうしてこんなことが起こったのだろうと、だれもが考えた。正確なコース調整とメタグラヴ・エンジンの精密度を考えたら、これほどの誤差が生じるはずがない。

《コロアード》を探知するとすぐに、当の指揮船からコース誤差の説明をふくむ通信がとどいた。

女指揮官アンジャ・ピグネル船長の報告によると、《コロアード》は最後の超光速段階でエネルギー切れを起こしたというのだ。グラヴィトラフ貯蔵庫がほぼ空《から》で、ハイパー空間の影響を遮断するグリゴロフ層を保持できなくなる恐れがあった。異宇宙に転落する危険を回避するために、一瞬早くハイパー空間航行をやめるしかなかったとのこと。

説明がかんたんすぎたので、質問がいくつか飛んだ。たとえば、その前の中間静止ポイントにいたとき、乗員はグラヴィトラフ貯蔵庫のエネルギー・ストックがたりないと気づかなかったのか、というようなことである。というのも、マゼラン行きハンザ・キャラバンの三百八十隻は、各船とも太陽系出発時にエネルギー・ストックを充分に蓄えており、行程の倍の距離をこなせるはずだったからだ。

「グラヴィトラフ貯蔵庫が、最後のハイパー空間段階で空っぽになったの」アンジャ・ピグネルは通信で説明し、さらなる質問がなされる前に補足した。「こんな事態になろうとは予想していなかった。狐につままれた感じよ。すでに調査にとりかかっている。とにかく、ハイパー空間に穴をあけてエネルギーを吸引し、グラヴィトラフ貯蔵庫を充塡しなければならないから」

技術的に見てエネルギー充塡に支障はないが、問題は時間がかかることだ。宇宙ハンザにとって、時は金なり。この不確実な時代にあってはあなどれない観点といえよう。

ハイパー空間でのエネルギー吸引は、ハイパートロップと呼ばれる装置を使うのだが、そのさい、巨大な漏斗《ろうと》状の光が生じ、広範囲にわたって強力なエネルギー流が観測される。

エネルギーの補給作業中、《コロアード》は、探知される危険が高い状態にさらされる……つまり、敵対勢力から発見される恐れがあるということ。

この年の一月中旬、ペリー・ローダンが宇宙ハンザの持つ二重の意味を公けにして以来、〝敵対勢力〟といったときにはある名前が連想された。つまり、セト＝アポフィスである。

こうしたことが三百八十隻の乗員の意識に浸透するにつれ、突発的な出来ごとにはますます注意をはらうようになっていた。

ふつうの技術的問題とは思えない、破壊工作ではないか、という声がいっきに高まった。そういった噂に対し、アンジャ・ピグネルは簡潔に〝目下、調査中〟と、応じた。

＊

アンジャ・ピグネルが《コロアード》の船長になってから、十年以上になる。もっと大きな船をと打診されても、いつも断ってきた。速くてあつかいやすいコグ船での出動を好んだからだ。肝心なのは、彼女がハンザ・スペシャリストに昇格して、そろそろ裏事情にも通じるようになってきており、宇宙ハンザの二面性もとうに見ぬいていたことである。

超越知性体〝それ〟がこの交易組織の設立を指示したのは、セト＝アポフィスへの対抗勢力をつくるためだと、いまではひろく知られている。これにより、極秘出動の大部分は無用となり、《コロアード》もべつの任務につくようになった。アンジャ・ピグネルはマゼラン行きハンザ・キャラバンの指揮をとるよう要請をうけ、結局これをひきうけた。この種の大きな任務は、今回がはじめてだった……その最初の試練が、よりにもよって、グラヴィトラフ貯蔵庫がらみだったというわけだ。

最後の中間静止が終了し、《コロアード》が超光速段階にはいるやいなや、突如として警報装置が鳴りだしたのだった。機関室からの報告によると、貯蔵庫のエネルギーがハイパー空間に慣出したという。このままだと船を保護しているグリゴロフ層が崩壊し、並行宇宙に投げ飛ばされてしまいかねない。そういうカタストロフィの結果は想像だにできなかった。

とっさの判断で、アンジャはアインシュタイン空間にもどろうとした。だがそのとき、首席技術者ホガード・レスコが、ハイパー空間段階のあいだくらいは、当面のエネルギーで《コロアード》を動かせるといってきたのだ。混乱を避けるためと、キャラバンからはぐれるのを恐れて、アンジャは航行の続行を指示した。

果敢な計画は、なんとかうまくいった。貯蔵庫からこれ以上エネルギーが流出するようならどうなるか、アンジャは考えたくもなかった。さいわいにも、二度とそんなことにはならなかったが。

やがて報告があがってきたのだが、どうにも満足のいくものではなかった。技術点検により、爆発で貯蔵庫に損傷が生じていたことが明らかになったのだ。突然に解放されたエネルギーが連鎖反応を起こし、システムに過負荷が生じたという。つまり、ハイパー空間へのエネルギー放出は、自動安全装置が作動したためだった。さもなくば《コロアード》は破壊されたか、あるいは……運がよくても……上位連続体にひっぱりこまれていたことだろう。

これが調査結果だった。満足がいかないというのはほかでもない、爆発の原因が明らかにされていないことだ。

満足のいく、あるいは技術的根拠のある説明はいっさいなかったが、爆発個所に細工が施されていたのではないかという推測もなりたった。もちろん、破壊工作の証拠があったわけではないが、完全には否定できないということ。

爆発によって生じた損傷はまもなく修復され、アインシュタイン空間への再突入後、すぐにホガード・レスコから報告があり、ハイパー空間から必要なエネルギーをいつでも吸引できるとのことだった。

「状況は、当初思ったほどのさしせまったひどい感じではありません」首席技術者はいう。「貯蔵庫への充填は、せいぜい数時間よけいにかかるくらいなものです。中間静止ポイントに滞在する時間が、さほど長くなることはありません。ハイパートロップを作動しましょうか？」

「いや、もうすこし待って！」と、アンジャ・ピグネルが、「まずキャラバンとコンタクトをとり、ジャスパー・ベイズと話すから」

ジャスパー・ベイズはキャラバンの副指揮官で、カラック船《イントローラ》の船長だ。アンジャは通信回線をつないで副指揮官に状況を説明する。ただし、大げさにならないよう、なんということはないというニュアンスで。

「それは、破壊工作のにおいがぷんぷんするな」と、ジャスパー・ベイズ。「なんの手がかりもないのか？　だれか特定の人間が怪しいとかいうことも？」

「なにより動機が見あたらないのよ」と、アンジャ。「爆発による損傷はまったくのところ軽微だったし、すこし時間をくっただけで、それもほんの数時間」

「ほんの数時間といったって、宇宙ハンザにとっては数百万に値するが」と、ジャスパー・ベイズが応じる。

「それが充分な動機になるとでも？」アンジャはからかうようにいい、ベイズが否定するように首を振るのを見て、満足げにつづけた。「これからどうすべきかというのが、当面の問題ね。あなたが《イントローラ》でキャラバンをひきいてトルペクスへ出発し、われわれはエネルギー補給をしてからすぐ追いかけることにすれば、ハンザはちょっとした出費の節約になるわ」

「気にいらんね」と、ベイズ。「トルペクスへは編隊で航行することになっている。それがキャラバン隊形で飛んでいる理由でもあるのだし。わたしとしては、たった一隻といえども置いていきたくはない」

「ではこちらに、護衛としてコグ船を五隻よこして」アンジャがいう。「それだけの火力があれば、どんな攻撃もはねつけられるから。そんな心配、お笑いぐさだと思うけど。だれが《コロアード》を狙うというの？　カラック船の積み荷のほうがよっぽどそそられるはずよ」

「しかし、《コロアード》は指揮船だ」と、ベイズ。「これは重要なこと。おまけに、トルペクスの商館チーフが乗っているのだから。フレム・サムへイゲンをともなわずにトルペクスに行ってもなんにもならない。われわれ、かれが到着するまで荷おろしを待つしかないのだ。それくらいなら、キャラバンがまとまって目的地に飛んだほうがいいと、わたしは思うのだが」

《コロアード》がグラヴィトラフ貯蔵庫にハイパーエネルギーを充塡しおえてハンザ・キャラバンの先頭に復帰するまで、船団は待機ポジションに向かい、そこで待つことで、ふたりは合意した。

「破壊工作をしたと思われる疑わしい人物は、ほんとうにいないのか？」ベイズはもう一度この話題をむしかえした。「あの異人……マゼラン星雲出身のカメレオン人はどうだ？　ほんとうに、なんの疑いも持たれていないのか？」

「抜け目ないスバルヴォアのこと？」アンジャは笑って、「かれの思いどおりになれば、目的地に早く到着することができなくなるのよ。スバルヴォアはわれわれとの交易に興味をしめしているだけではなく、マゼラン星雲諸種族をセト＝アポフィスから守ってほしがっているのに」

「それだってカムフラージュかもしれない」

「だったら動機は？」と、アンジャ。

「一度スバルヴォアを、交易に興味のあるカメレオン人ではなく、セト＝アポフィスの潜在的工作員として疑ってみるべきだな」ベイズははっきりという。

「それは船に乗っているだれにでもあてはまること」アンジャはいいかえす。

話は終わり、アンジャ・ピグネルは回線を切った。モニターが暗くなるかならないかのうちに、きいきい声が《コロアード》の司令室に響きわたる。

まぎれもなく、抜け目ない男スバルヴォアだった。

「この不当な遅滞はどういうことでしょう？」いきりたった声をはりあげて、「貯蔵庫に充填する気などなく、目的地につかない算段でもしているのですかな？　それとも、宇宙ハンザは大マゼラン星雲種族との交易および援助協定に興味はないということなのでしょうか？」

＊

スバルヴォアはトルペクスの商館チーフ、フレム・サムヘイゲンとともに司令室にあらわれ、甲高《かんだか》い声でたちまち注目を集める。カメレオン人は大声をあげ、これでもかといわんばかりのジェスチャーで、センセーショナルな登場を演出した。そういうやり方で、本来そなわっているわけではない大物らしさをよそおうとするのだ。乗員たちはそんなことはとっくにわかっていたが、好きにやらせて、なるべく理解をしめすようにしていた。カメレオン人は《コロアード》船内で特権的自由を享受しているということはいえ、かれ自身がそう意識しているのかどうか、そのふるまいからうかがい知ることはできない。

「もうやめたがいい、スバルヴォア、抜け目ない男よ」フレム・サムヘイゲンがたしなめると、カメレオン人は感情を害して黙りこんだ。

スバルヴォアは身長一・七メートル。姿形はヒューマノイドだが、人類との類似点が多いとはいえない。頭がひとつ、胴体がひとつ、腕二本、脚二本。バランスといい配置ぐあいといい、どれも人類に近いが、そこまで。

頭部は亀に似ている。それはとりわけ、くちばしのように一体となっている口と鼻、しわだらけで灰褐色の皮膚のせいだ。とはいえ、灰褐色なのは皮膚の基本色にすぎず、スバルヴァアには、思いどおりに自分の色を変えて周囲に溶けこむ能力があった。それがカメレオン人という名前の由来であり、いつのまにか種族の呼び名として定着した。瘦身《そうしん》ではあるが骨太のからだに、細い腕と脚がついている。関節部には、軟骨によるものなのか、太くなったところがある。手には指が五本。長く細く、とても繊細な印象をあたえる。その印象はいつわりではなく、とても器用だ……芸術においても技術領域においても。

からだにぴったりしたネズミ色のコンビネーションを着用している。テラで採寸したものだ。それをしょっちゅうつまんでいる。こんな服を着るのは不快であると訴えるように。しかし、かれの場合、コンビネーション着用はたんにエチケットの問題だけではない。カムフラージュ能力のことを考えると必要なのだと、どうにかわからせた。

スバルヴァアのそばにいると、フレム・サムヘイゲンはがっしりして見える。アスリートのような体格と風雨にさらされた角ばった顔、もじゃもじゃで鉄灰色の長い髪。どんな試練にあってもひるまずくじけず、なにごとにも妥協しないテラナーの典型だ。しかし、トルペクス商館を失ったときはこたえた。スバルヴァアによれば、商館を去ることをサムヘイゲンはあくまでも拒んだという。最後の救命艇に乗せるために、妻がパラライザーで麻痺させるしかなかったと。

その後、妻とは別れ、以降、彼女はトルペクス商館の一員ではない。

「予期せぬ事態でも起きたかな」サムヘイゲンは女船長にたずねた。

「いいえ。ただ、組織に関する問題がちょっと」と、アンジャ・ピグネル。「それはもう解決しました。これからハイパーエネルギーを貯蔵庫に充塡する作業にかかります」

「ほかの……もっと目だたない方法で……エネルギーを補給するわけにはいかないものなのか？」サムヘイゲンは額にしわをよせ、「われわれ、エネルギー吸引のあいだ、数光年はなれたところからでも探知される可能性があるのでは？　それとも、わたしの思いちがいかな？」

「そのとおりですが、残念ながら変更はできません」アンジャは、この人物に対してできるかぎりの事務的な口調で答えた。「不安視する理由も見あたりませんし」

「それでも、できるだけすみやかにここを出発すべきだ」サムヘイゲンの言葉は命令のように響く。

アンジャはうなずき、ハイパートロップの作動を命じた。そのとき、自分はたんにサムヘイゲンの命令をそのまま伝えたにすぎない、と気づいた。腹だたしげに唇を嚙みしめ、商館チーフのことはもうこれ以上気にかけまいと心に決める。しかし、いくら装置の計器に集中しようとしても、サムヘイゲンがこんな近くにいるのを無視するのは無理だった。

アンジャは宇宙空間をうつしだしているスクリーンをじっと見つめた。大マゼラン星雲がくっきりと見えている。しかし、やがてその背景の前に、だんだんと大きくなる明るいしみみたいなものができ、ゆっくりと拡大し、光度を増してきた。

光る構造物はしだいに明るくなりながらかたちを変えていく。乳白色の霧が青みがかった漏斗になり、ますます明るく光をはなちはじめた。やがて、漏斗状の発光現象は最大にまで拡大したのか、青白い光が終始変わらず、どぎついまでに輝きつづけた。

「ハイパートロップは三倍のキャパシティがある」うしろでサムヘイゲンがいっているのが聞こえる。「ぎりぎりいっぱい稼働させれば、ずいぶんと時間を節約できる」

アンジャはそれには応えず、グラヴィトラフ貯蔵庫がハイパーエネルギーを問題なくうけいれているという、型どおりの報告を確認した。

「エネルギーの流入量を増加すべきだろう……すくなくとも倍には」サムヘイゲンがまたうしろでいう。「このだらだらしたやり方は、いったいどういうつもりなのかね、アンジャ・ピグネル？」

「《コロアード》はわたしの船です、フレム・サムヘイゲン」アンジャは相《あ》いかわらずそっけない口調で、「ここで決定権を持つのはわたしです。補給を急ぐか急がないかは、わたしが必要に応じて決めます」

ふたりの視線がぶつかる。サムヘイゲンは顔色ひとつ変えずに、

「きみが遅滞の責任をとるというのなら、好きにしたらいい。わたしはベルゲン・バザールへの報告書にこの顚末を書くからな。さらにもう一点、スバルヴァアをスケープゴートにしようとしたことも。きみが副指揮官と話していた結末部分をこの耳で聞いたぞ」

「だったら、わたしがその告発をうけいれなかったことも聞いたでしょうね」アンジャは怒りをあらわにいった。

「それだけでは充分ではない」と、サムヘイゲン。「スバルヴァアへの嫌疑を晴らすため、今回の件を究明する義務がきみにはある。なぜそうしないのか、わたしは自問せざるをえない」

アンジャが怒りをのみこんでいいかえそうとしたとき、《イントローラ》から緊急レベル一の呼び出しコールがあった。同時に司令室に警報が鳴りひびく。アンジャは思わず装置やスクリーンに目をやったが、ハイパートロップ漏斗にはなんの変化も認められない。ほっとひと息つきかけると、《イントローラ》との映像通信がモニターに送られ、ジャスパー・ベイズの声がスピーカーから響いてきた。

「あの物体を探知したか？」

「どの物体？」なんのことだかわからずきいたアンジャは、首席探知士のエドガー・ライビッツが、手ぶりで流れてくるデータに注意喚起しようとしているのを見逃していた。

「どの物体だって……これはまたのんきなことを！」ベイズは芝居がかった大きな声で、「《コロアード》乗員は居眠りでもしていたのか？　こんなに大きな物体を探知しなかったと？　長さ数キロメートルもある巨大な飛行物体で、いままでお目にかかったことのない形状をしているのだぞ」

ようやくアンジャも、探知スクリーンに表示されている最新報告に気がついた。

「ええ、いま見てる。探知しているわ」

そういいながらも、状況をまだ概括的にはとらえきれていない。宇宙の深奥部からなにかがこちらにやってくるのが、ようやくわかりかけたところだった。

その物体は球状の部分とシリンダー状の部分でできていて、あわせて全長が四キロメートルある。

「どうだ？」またベイズの興奮した声が聞こえてくる。「いまや、破壊工作の動機がわかったのでは？　ハイパートロップ漏斗は宇宙ののろしのように、何光年も先から探知できる。まちがえようもなくかんたんに見つかる目標ということさ、アンジャ！」

2

アトランは、銀河系の拡大映像がうつっているパノラマ・スクリーンをじっと見つめていた。

この銀河の光景はよくおぼえている。ついきのうまで、ここにいたのではないかと思えるほどに。だが、ここを去りもどってくるまでに、もう四百年以上が経過したのだ。

何千の銀河があっても銀河系はすぐにわかるだろうと思っていた。だが、見つけるまでに、半年もさまよいつづけることになった。

そのあいだに《ソル》は、何百万光年を翔破してきたことだろうか！　その数字がどれだけ大きかろうと、どうでもいい。それで希望と不安だらけのこの旅を思い描けるわけではないのだから。

「いったいどうして、進入していかないのですか？」と、タンワルツェン。

「それはわたし同様、きみもわかっているだろう」アトランは応じる。「あの事件がなければ、とっくに帰郷しているはず……」

〝カタストロフィ〟は四日前に起きた。以来《ソル》は、銀河系の前方にある空虚空間のなかを飛びまわることになった。しかし、この事件をかならずしも全乗員がカタストロフィと考えたわけではないし、アトラン以上に事件に驚いた者もいない。ゲシールは例外かもしれないが、いずれにしろ、あのスフィンクスのことはわからない。協力的になったとはいえ、アトランでさえ、いまだによくわからないのだ。協力的な態度もうわべだけかもしれないと思い、アトランは軽い失望をおぼえた。といって、彼女の価値が減るわけではないのだが……

「いや、もういい」と、アトランはいう。

「では、ようやく銀河系にはいるのですね?」タンワルツェンは期待をこめてたずねた。

アトランはそうじゃないとしぐさでしめす。

この状況で、ペリー・ローダンや人類に会うわけにはいかない。まずは船内状況を解明しなくてはならなかった。理由はいろいろある。ことのなりゆきに失望しているだけではなく、奇妙な考えが頭をよぎるのを感じていた。つまり、ある種の危惧をいだいていたのだ……自分の銀河系への帰還は、よろこばしい出来ごとであるべきであって、人類の負担になるようではだめだということ。

「事態が悪化しかねませんよ」スキリオンがうしろでいうのが聞こえた。「わたしがいいたいのは……」

「わかっている」アトランは無愛想に話をさえぎる。惑星クランの水宮殿《みずきゆうでん》でコミュニケーション責任者だったスキリオンは、〝カタストロフィ〟をよろこぶ側の人間なのだ。

「このうっとうしい雰囲気といったら」ツィア・ブランドストレムがいう。「ようやく目的地に到達したという感激は、どこにいったのかしら？」

「きみだって、すこしも浮かれちゃいないじゃないか」と、タンワルツェン。

「それは、われわれが銀河系を見つけられるとわかっていたからだ」スキリオンが説明する。「が、いささか時間がかかりすぎた。ゆっくりと手探りで進んだので。長くおあずけをくってしまったから、感激の気分に水をさされた」

まったくくだらないおしゃべりだ、と、アトランは思った。銀河系がどうの、太陽系がどうの、テラナーがどうのといっていても、なんのことをしゃべっているのか、かれらはほんとうにはわかっていない。《ソル》の子供たちなのだから……これは宇宙船の名前であって、恒星の名前ではない。恒星のソルは、かれらをすこしばかり不安にさせる伝説にすぎない。しかしながらその不安は、このところの出来ごとによって……いいぐあいに……おさまっていた。さらに、スキリオンのいうとおり、故郷銀河への旅は長くかかりすぎ、目的地に到達しても熱狂は生まれない。

そこへもって、この事件が起きた！

アトランは、自分の帰郷が一瞬にして無意味になった気がした。あるいはすくなくとも、半減したような気がする。

気持ちが重く沈む理由はいくらでもある。

それは次のような状況ではじまった。

＊

四日前……船内時間で四〇一二年七月二十八日のこと、アトランは《ソルセル》の倉庫ホールに呼ばれたのだった。

「どうしても見てもらわなければなりません」と、警備責任者のミッチ・セグインがインターカムでいってきた。それだけだったが、声がかなり興奮していたので、アトランはすぐにそこへ向かった。

スプーディになにかが起きたのはまちがいないし、それに関連してすぐにゲシールのことも頭に浮かんだ。スプーディのタンクがある倉庫へ向かう途中で、ゲシールは自室キャビンにいるとわかったが、それで気が軽くなるわけでもなかった。彼女がじっとローダンの写真を見つめていたことを、とても苦々しく思いだした……そうしたいわけでもないのに、いまでもよくおぼえている。

しかし、そんな思いは、倉庫について空のタンクを前にしたとき、おのずとどこかへ消え失せてしまった。アトランはホール三つを狂人のように通りぬけ、走る速度をますますあげて、開けはなたれたタンクを見てまわった。

すべて空だった。

どのタンクにも、たった一匹のスプーディすらいない。

数百万はいた大量の共生体がすべて、あとかたもなく消えていた。

アトランの頭にまず浮かんだのは、ゲシールだ。

しかし、彼女のキャビンに押しかけるという衝動にはしたがわなかった。やみくもにそんなことをしたって、なんにもならないとわかっていた。ゲシールの不意を襲うことはできない。状況証拠で罪を証明することも、なにか強いることも不可能だ。

アトランは最初の興奮がしずまるのを待ってから、ゲシールを尋問室に連れていっておくよう命令した。以前にも彼女の尋問がおこなわれたキャビンだ。自分自身はその場ですぐに見とおしをたてるため、事件を再構築するべく時間をつくった。

セグインが《ソル》の中堅どころとなり、クラン人のためにスプーディの搬送にかかわるようになってもう長い。アトランはかれを、スプーディのタンクがある倉庫の責任者にした。ゲシールがここをひそかにうろつくことがわかってからは、警備をきびしくしていた。

「どうしてこんなことが起きたのだと思う、セグイン？」と、たずねてみる。

「正直なところ、まったくわかりません」と、警備責任者。体格のわりに頭がちいさすぎる、ずんぐりした印象の男だ。「われわれに落ち度があったとは思えません。独自のシステムをつくり、とりわけ、ゲシールに関する人為的ミスは実際に排除しました。監視要員の脳波に反応する警報装置も設置しました。もし、かれらのだれかがゲシールの魅力の虜《とりこ》になったとしても、警報装置がそれに反応するはずです」

「ゲシールは警報装置に干渉できるのかもしれない」と、アトランは反論する。

「だからといって、わたしを責めるのは」と、セグインはいいかえす。

「それは、もういい」アトランはなだめるようにいう。「発見したとき、タンクはどんな状態だった？」

「ちゃんと施錠されていました……いつもどおりに」セグインは答える。「それでもわたしは、四時間おきにぬきうち検査をするよう命じてありました。タンクを次々とぜんぶ開けていってすべて空っぽだと判明したとき、われわれがいかに驚いたか、わかっていただけると思います」

「で、きみの部下に、なにか不審なことに気づいた者はいなかったのか？」

セグインはかぶりを振り、つけくわえた。

「警報装置も反応しませんでした。スプーディがどうやって〝施錠された〟タンクから消えてしまったのか、わたしには説明できません」

アトランは心ここにあらずという感じでうなずく。スプーディはそれ自体が生物であるとはいえ、通常は外的影響で活性化されるにすぎない。しかし、だれがスプーディを……ある種、ハーメルンの笛吹き男のような効果で……タンクからおびきよせることができるのだろうか？　その人物は大量のスプーディを、どこにかくしておけるのか？　いくらちっぽけでも、ぜんぶを集めれば大きな塊りとなり、クランドホルの賢人としてのアトランがつながれていたものの何倍にもなるのに。

「《ソル》全体を徹底的に捜索するのだ」アトランはセグインに命じた。「すみずみまで探してもらいたい。スプーディはどこかにかくされているはず。さらに重要なのは、外殻をくまなく探すことだ。ゲシールが外にかくしたかもしれないから」

アトランは、宇宙空間にひろがるスプーディ・フィールドのイメージを捨てきれなかった。最新の捜索状況を伝えるようセグインに念を押すと、《ソルセル》をはなれ、中央シリンダーの尋問室へ向かった。

＊

ゲシールの挨拶をうけると、アトランの意識の奥底で黒い炎が燃えあがった。

「そういう目くらましはやめてくれないか」アトランは声を荒らげた。しかし、叱責などむだだった。相手がわざとこんな方法でいらだたせようとしているわけでないことは、とっくにわかっていたのだから。彼女は、こうするしかないだけのことなのだ。

ゲシールは、からだにフィットする快適な成型シートにすわり、背もたれをゆっくりと揺すってくつろいでいた。その姿を見てアトランは、ブランコに乗っている少女みたいだと思った……暗くて謎めいた目さえなかったら、純真で無邪気でなんの悪意もなく見えたろう。

黒い炎がしだいにしずまるのを待ち、アトランはやっとくつろげるようになった。ゲシールはこちらを見透かすような目を向けながら、まだ背もたれを揺らしている。口もとには、スフィンクスのような笑みを浮かべて。

「あれがいなくなった」アトランはそういって、彼女の前に立った。

女ははかりしれない彼方から視線をひきもどすが、不安めいたなにかがその目に宿っていた。

「スプーディのことをいっているのね」そういってうなずき、「わかってたわ、そうなるんじゃないかって……」

アトランは、気をそらされたくなかったので、それには応えず、

「どこへやったのだ?」

「わたしが? スプーディを?」ほんとうに驚いている……なぜブランコを漕いでいるのかと、たずねられた少女のように。

「そうだ! スプーディをどこへやった!」と、アトラン。

ゲシールは成型シートを揺らすのをやめ、からだをすこし起こし、また背もたれにあずけた。アトランはなにか超常現象が起きるのではないかとなかば予期したが、そういうことは起きなかった。

「アトラン、わたしはなにもしていないわ」と、彼女はいった。「わたしが……女ひとりでいったいどうやって？　それに、わたしがあれをどうするというの？」

「それについてはいえることがある」アトランはゲシールのほうに身をかがめたが、またもや彼女の圧力に屈するかのように身をひいた。ジレンマにおちいるが、結局は身をそらし、それで気持ちがやや楽になる。「きみがスプーディに深くかかわったのははじめてではないはず。二カ月も前のことではない。あらゆる努力をはらってスプーディのタンクがある倉庫に行っては、長いことすごしていたのではないか？」

「ええ、そうだけど……でも、触ったりしていないわ」

「そうする必要もなかったということか！」

「どこかに運びだしたりしていません」

「それを、かんたんに信じろとでも？　きみはつねに、スプーディに興味をいだいていた。〝スプーディの燃えがら〟にいたことを、ほかにどう説明できるというのか？　《ソル》に乗りこんだ理由がスプーディ以外にないというのも、疑いの余地はない。アンドロイドの指揮官パラブスの基地での奇妙なふるまいも、スプーディとの直接的な関係がすくなからずある。パラブスが輝くプラズマ雲で作業していたとき、〝なにかの初期状態〟といったことを思いだすがいい！　つまりきみは、パラブスがいわゆる〝ヴィールス・インペリウムの部分的再建〟にかかわっているとわかっていたんだ。パラブスのプラズマ雲とスプーディの出どころはいっしょで、同じものの異なるあらわれ方なのだと。きみはこの考えも否定するつもりか？」

「まさか、どうしてわたしが」ゲシールは不思議そうにいった。「その件に関して話すことはないわ。もう誤解はなくなり、あなたも関連性を理解したものと思っていたけれど」

「なぜ大量のスプーディを奪ったのか明かせば、理解できるかもしれない」アトランは興奮して大声を出した。「そうとも。きみは二、三千ほどでは満足できず、まるごとぜんぶを持ちさった。どこへ持っていったのだ？」

ゲシールはくずおれた。視線が定まっていない。自分自身にいいきかせるように、「わたしがやったのならよかったのに」視線がまたアトランをとらえる。かれはその目と向きあったとき、彼女が重要なことを話そうとしているというたしかな感覚を持った。ゲシールは強い語勢で、「わたしは、スプーディを早期に《ソル》からとりのぞくことができればいいと願っていた。でも、遅すぎた」

「それはどういう意味なのだ？」アトランがたずねる。

「いったまんまよ」と、ゲシールが答える。「スプーディが消えたことに、わたしはいっさいかかわっていないわ……残念だけど」

それ以上のことをゲシールは話さなかったので、アトランは結局は打ち切りにした。しかし、あきらめてはいなかった。

＊

つづく数日間は、消えたスプーディ探しでてんやわんやだった。このこととくらべれば、銀河系の座標を特定し、そこに飛んでいけるようになった事実など、どうということもない。《ソル》がマゼラン星雲と銀河系のあいだの空虚空間に到達したことすら、正当に評価されなかった。その理由は、長い捜索でソラナーたちが疲れていたためだけではない。主因は、乗員一万人全員がスプーディ探しにあけくれていたことにある。

スプーディ探しが長びけば長びくほど、船内の不安は大きくなった。なにを恐れているのか、だれも……アトランですら……いえなかったにもかかわらず。

当初から、アトランがこの〝プレゼント〟を、ペリー・ローダンや銀河系の人々のために持っていこうとするのに反対していたスキリオンは、

「本来わたしはスプーディがいなくなったことをよろこぶべきなんですが、そうはいきません。所在が不明というのは、ずっとまずいことです。ゲシールがなにかしたのでは

ないかと考えると、不安でなりません」

ゲシールはしかし、スプーディがいなくなったことに関してはまったくなんのかかりもないと、相いかわらずいいはっている。アトランは、捜索作業にあたっていないときは、ずっとゲシールを尋問していた……主として彼女の魅力に屈しない女性たちが、あるいはかれ自身がおこなった。プライヴェート空間だったら口が軽くなるかもしれないと期待し、ゲシールのキャビンで尋問することもあった。それでも彼女は、スプーディがいなくなったことには、いささかも関与していないと断固としていうのだった。

しだいにアトランは、このことに関して彼女は、真実を語っていると考えはじめた。というのも、以前ほどには心を閉ざしても謎めいてもおらず、ときおりとても饒舌《じょうぜつ》ですらあったからだ。

進んでというわけではないが、関連性をいくらか説明しさえし、こうもいった。

「あなたがスプーディの燃えがらと呼んでいる場所は、ヴィールス・インペリウムの部分的再建をしていた拠点のひとつでもあったの。いってみれば、パラブスの基地と対《つい》をなすものね。スプーディの燃えがらにいるあいだ、未知の実験者に会うことはなかった。わたしにはわからない方法でいなくなったから」

「きみは、その作業を続行するためにスプーディの燃えがらに送られたのか？」ゲシールの多弁に乗じて、アトランはすかさずきいた。

彼女はかぶりを振り、悲しげで絶望的ともいえる表情をした。

「〝送られた〟のではないわ……わたしには〝再建現場〟での作業はできない……それができるのはコスモクラートの使者だけ……」

それ以上、彼女から聞きだすことはできなかった。

船内の雰囲気は著しく悪くなった。不安が、しだいにおさえつけられた恐怖となり、明らかな懸念に変わっていった。

《ソル》じゅうをくまなく捜索したが、スプーディがかくされているところは発見できなかったし、たったの一匹すら見つからなかった。外殻にもなんのシュプールもなかった。すべてまとめて雲散霧消したか、説明のつかない方法で船内から消えたかに見えた……テレポーテーションやその他の超能力によって。ここでまたゲシールの関与を指摘する向きがあった。ゲシールならその種の天賦《てんぷ》の才を駆使できるにちがいないと。

しかし、ゲシールはいっさいなにもしていないといったし、アトランはそれを信じたかった。スプーディがいなくなったことで、彼女もやはり不快に感じているのを会話から聞きとったのだ。

カタストロフィが起きて四日め、ゲシールはアトランと向かいあってすわり、ある告白をすることになる。アルコン人はその前に、彼女の無実を信じると約束していた。

「あなたがわたしのことをもう疑っていないので、告白できるのだけど、アトラン」と、ゲシールは邪念なくいう。「わたし、スプーディが消える数日前までは、ずっとそれにかかわっていた。もしかしたら、間接的に責任があるかもしれないわ」

その瞬間、アトランはかっとなるところだった。ゲシールはずっとわたしを愚弄《ぐろう》していたわけだ。だが、付帯脳の論理セクターにおちつけといさめられる。

〈ゲシールはスフィンクスだということを忘れぬように！　彼女の言葉の背後にある意味に注意することだ！〉

「いまごろになってどうしてそんなことをいうのだ？」アトランはできるだけ心おだやかにいう。かくされた非難にはかまわず、ゲシールはつづけた。

「最初から、あのスプーディにはどこかおかしなところがあった。だからいつも探っていたの。そうするうちに、なにか変だという感じが強くなってきて。けれど、それがなんなのかわからなかった。いまもわからない。だから、心配なのよ」

「きみの考えでは、スプーディのなにが変だと？」と、アトランはたずねる。

ゲシールは物思いに沈んで、虚空を見つめている。アトランがいるのを忘れてしまったような印象だ。しかし、それはアトランにはなじみのことだったので、返答のために時間をあたえた。しばらくして彼女は、

「ただわかるのは、わたしのなかに、スプーディに近づくのを阻止するなにかがあること。詳細に調べようとするたびに……抑制が働くの。でも、わたしがスプーディに対し

て無意識に身を守っているのではなく、スプーディのほうがわたしに対して身を守ろうとしているのかもしれない」

「まったくもって奇妙に聞こえる」と、アトラン。「スプーディは知性をあたえる共生体で、状況によっては正反対の働きをすることがあるにしても、宿主がいなければ行動できない」

「だとすれば、スプーディはまさしく適切な宿主をひとつ見つけたのよ」その口調から、アトランはふたたび、ゲシールが重要なメッセージを伝えたがっているという感覚を呼びさまされた。

「どれくらい前から、スプーディがどこか変だと感じていた?」と、たずねてみる。

ゲシールはしばらく考えてから、

「あなたたちがスプーディの燃えがらに到着したときかしら。そのときわたしは、あなたたちにスプーディの保持者になってもらいたくなかった」

アトランはこの関連で、スプーディの燃えがらでの出来ごとを思いだした。タンクを見つけたとき、昆虫に似たスプーディがかれの腕をごそごそ這ったのだ……だが、突然、見えない力によって押しつぶされた。あれはゲシールのせいだったのか。それをアトランはあえてたずねず、既成事実としてうけとった。

「だがきみは、われわれがスプーディを船内に持ちこむのを阻止しなかった」と、アトランがいう。

「だから、同行したのよ」と、ゲシール。

見ると、またもやペリー・ローダンの写真に見とれている。

きみは何者なのだ、ゲシール？　アトランは考えた。トーラの生まれ変わりか？　きみのなかに、ペリーの姿が過去の人生の記憶としてあらわれるのか？

アトランはそれ以上ゲシールにはかまわず司令室に行き、銀河系をうつすパノラマ・スクリーンに没頭した。

「そろそろ進入飛行にうつりましょうか？」タンワルツェンがたずねる。

そこにスキリオンとツィア・ブランドストレムがくわわって会話がはずみ、アトランはかやの外に置かれた。それはたんなるおしゃべりで、解決策のない問題がたえずむしかえされている。

「〝駆除作戦〟はほとんど終わりました」と、そのとき、スワンの声がした。「さいわいなことに、これまでのところネガティヴです」

アトランは振りかえり、スワンと視線をあわせた。かれはアルコン人にほほえみかけ、

「乗員の四分の三が検査を終え、病原体が見つかった者はただのひとりもいません」

ほかの者たちは笑ったが、アトランは笑えなかった。このブラックユーモアには反応する気になれない。

二日前、アトランは《ソル》の全乗員一万人に、スプーディ検査をうけるようにと命令していた。もちろん、パニックが起きないように、公式の理由はほかに用意してある……つまり、各人が検査をうけるのは、異病原体を銀河系に持ちこまないためだと。しかし、乗員たちは意図するところをわかっていて、皮肉に〝駆除作戦〟と呼んでいた。が、全体の雰囲気に変化はまったくなく、ますます重苦しくなった。

アトランは、全員が対処せざるをえないなにかが起きないものかとすら、願った。渦状肢を持つ銀河系のプロジェクションを見て、心のなかで太陽の位置を特定したとき、すこしばかりメランコリックな気分になった。

もうすでに数えきれないほど何度も自問してきたが、古きよき地球はいったいどういう姿になったろうか。銀河系の社会基盤はどうなっていて、政治情勢はどんなだろうか。旧友や戦友たちはどうしているか？ ゲシールが写真を熱心に眺めているペリー・ローダンはどうしている？ ルーワーはまだいるのか？ 楔《くさび》型艦に乗るオービターの問題は解決したのか？ 深淵の騎士は、銀河系諸種族の運命にいかなる影響をおよぼしたのか？

それに対する答えであるかのように……すくなくともアトランには、観念的な連想からそう思えたのだ……銀河系から宇宙標識灯が送られてきた。

突然、警報サイレンがけたたましい音をたて、がやがやした声があちこちからいっせいに押しよせる。アトランには、最初、故郷銀河の方向で強力なハイパーエネルギー・フィールドが探知されたことしかわからなかった。

＊

「セネカがまだときどき、故障もせず機能するのは、なんという幸運でしょうな」《ソル》が短いリニア航行でハイパー放射の領域に数光年進んだとき、タンワルツェンがいった。

アトランはすんなりハイパー放射源へ飛ぶことに同意したのではなく、躊躇《ちゅうちょ》があった。しかし、遠距離探知が満足のいく結果をもたらさなかったので、調査をしたいというタンワルツェンの希望にそったのだ。この思いがけない出来ごとは、結局は乗員にとってよろこばしい気分転換にもなった。

通常空間にもどると、そこはハイパーエネルギー性現象の場からほんの数十万キロメートルのポジションで、光学的にも確認できる距離だった。探知センターにデータが山のように流れこんでくる。

「明らかに、人工的にひきおこされたハイパーエネルギー・フィールドです」と、タンワルツェン。「だれかが、莫大な量のエネルギーを、ハイパー空間からこの連続体に吸引している。いったいどういう目的で？」

それはその後すぐにわかった。青白く輝く漏斗状の発光現象の領域に、質量のある物体を探知したと、探知部門から報告があったのだ。

「あそこで宇宙船がハイパーエネルギーを補給しているんです」タンワルツェンが断言する。「こういうやり方を目のあたりにすると、われわれが使っているニューグ・エンジンがまさに時代遅れのように思えます」アトランを見てたずねた。「こういう方式でエネルギー供給をするテラの船はありますか？」

アトランはかぶりを振り、

「ハイパートロン注入システムの原理は知られているが、テラ船には装備されていない。もちろん、この四百年のあいだに変わったこともいくらかあるだろうが……」

「……船の形状もです」スキリオンがそういって、ハイパーエネルギー性漏斗の下にうつっているプロジェクションをさししめす。

楔型をしており、全長は百十メートル。船首の厚みが二十五メートルなのに対し、楔の後部は幅がひろく、四十メートルある。

「オービターの偵察艦ではないか」と、アトラン。

ほかの者たちが問いかけるように見る。アトランがなにかをいいだす前に、探知センターから報告があった。大マゼラン星雲の方角に、あのような船で構成された船団を発見したという……しかも、きわめて大規模の。楔型艦の大多数は長さが千五百メートルある。

「これらの船はいったいなんです、アトラン？」タンワルツェンがきく。「テラナーではないのですか？　かれらを恐れなければならないことが、なにかあるのですか？」

「おびただしい数のあのような楔型艦が銀河系になだれこみ、人々を脅かしたことがある」と、アトランはコスモクラートから得た知識を語る。「オービターと呼ばれる生物だ。かれらは好戦的でも攻撃的でもなかったが、偶然の出来ごとと誤解の連鎖により、われわれの敵になった。しかし、わたしには、かれらが銀河系で支配権を握ったとは信じられない」

とはいえ、コスモクラートたちから当時の状況を充分に知らされていないので、アトランは予測をひかえる。

「まずは待機ポジションにうつろう」と、決めた。

いろいろな可能性を考えるうちに、最初の悲観的な気分は消えてなくなった。宇宙的関連性のいくつかの知識を持つひとりとして、四百年以上前の状況がエスカレートし、オービターが人類に対して破滅的打撃をくわえたとは思えないのだ。いまは好転したと信じていた。それでも、このオービター艦隊の存在はとんでもない推測をさせる。

「確信を得たい」アトランはきっぱりという。「オービター艦隊と通信連絡をとり、われわれがテラナーであると知らせるのだ」

「われわれはソラナーです」タンワルツェンが小声で口をはさむ。

「わたしを信じるのだ、ハイ・シデリト」アトランは平然という。「オービターにはそういう細かい差異はわからない」

アトランは通信センターと連絡をとり、オービター艦隊に向けてハイパーカムを送信するよう命令した。銀河系への飛行のために用意していたものである。そうすることで、長い不在をへた《ソル》が敵対的な対象者とみなされないよう配慮したのだ。四百年も経過してなお、銀河系諸種族が一隻の船をおぼえているとは思えないから。

「用意ができました！」と、通信センター。

「送信せよ！」アトランは心のなかで、これは歴史的な瞬間だと思った。この最初のコンタクトで、《ソル》が数世紀にわたる大漂泊から帰郷したことが公けになる。ただ、オービター艦隊がどう反応するか……

「どうだ？」と、たずねる。

「送信できません。ハイパー周波でも通常周波でも。すべての通信機器が動きません。まったく送れないのでして」

「ありえない！」

だれもが大声でわめきだし、司令室はいっきにハチの巣をつついたようになった。アトランはタンワルツェンを連れて通信センターに急行する。一方、ツィア・ブランドストレムとカルス・ツェダーは通信システムをコンソールでチェックした。

「高次の力には打つ手がありません」首席通信士はアトランにいい、さらに、「セネカが望まないのであれば、まったくなにもできないということ。船載ポジトロニクスがまたもや船の主《あるじ》を演じ、通信できないようにしているのです」

タンワルツェンは一ハイパーカムに猪突猛進、狂ったかのように通信の各種キイをたたいた。しばらくして断念する。すさまじい動きで船載ポジトロニクスに接続し、マイクロフォンに向かって叫んだ。

「セネカ、これはいったいどういうことだ！　即刻、通信装置を使えるようにしろ！　異船とのコンタクトにわれわれの今後がかかっているかもしれないのだぞ。きみの存続もな！」

しかし、船載ポジトロニクスは応答しない。通信システムは機能しないままだ。

タンワルツェンはアトランを振りかえり、

「目下なにもできないのが恐ろしいです。セネカはまた、完全に狂ってしまいました」

アトランはかぶりを振る。

「今回はそう単純なことではあるまい」と、考えながら、「なにか裏がありそうだ」

3

「おい、若きハンザ商人、棺から出てこい！」

スバルヴァアがきたのだと、ランダルフ・ヒューメにはわかった。カメレオン人が貨物室のハッチについたシグナル発信機を三回鳴らして、来訪を告げていたからだ。こちら側からだけ外が見える透明窓ごしに、スバルヴァアの亀のような顔が見える。ヘッドフォンから聞き飽きたきいきい声がした。ランダルフがすぐに応答しなかったので、カメレオン人はコンテナのはね蓋をこぶしでたたいた。

「いいかげん出てきてくれないか、きみと話す必要がある」スバルヴァアが迫る。

ランダルフはボタンを押してコンテナの蓋を開け、這いでてきた。ブロンドで、そばかすだらけの二十歳の若者だ。

「〝若きハンザ商人〟と呼ぶのはやめろよ」と、ランダルフは文句をいう。「でなきゃ、あんたのことを偽色ガエルと呼んでやる」

「それだけはやめてくれ！」スバルヴァアは、驚いたふりをする。ふたりは笑った。

「なにがあった？」と、ランダルフがたずねる。

「トラブルが降りかかりそうなんだ、ランディ」スバルヴォアがそういうと、顔に暗い色がはしる。「わたしは、すっかりセト＝アポフィスの工作員だと思われている！」

「ナンセンスだ！」ランダルフがきっぱりいう。

スバルヴォアは、司令室で起きたことを話した。爆発があって、それにひきつづき起こった連鎖反応でグラヴィトラフ貯蔵庫が空っぽになり、その犯人探しがはじまっていると。

「確実にわたしが疑われている」と、スバルヴォア。「つまるところ、わたしは異人だから」

「ばかばかしい！」ランダルフの口調に熱がこもる。「超越知性体の工作員は外観ではわからないよ。いいか、ハンザ司令部で、潜在的工作員についてある程度のことを耳にはさんだけど、船内にいる者はだれだって疑わしいんだ、わたしだって」

「ただ、異人はいつだってより疑わしいのだ」と、スバルヴォアはいいながら、ランダルフのコンテナのなかをのぞきこんで、いくつかのスイッチを操作した。ちっぽけなスクリーンが明るくなり、シンボルの列が流れていく。

「なにをしてるんだ？」と、ランダルフ。

「きみのコンテナに一種の自動宙航日誌を設置したんだが、問題の時間帯、きみがどこにいたかチェックするのさ」スバルヴォアは無造作にいう。

「わたしを監視してたのか？」ランダルフは腹をたてた。

「この事象記録装置には、そもそもべつの目的があってね」スバルヴォアは、スクリーンから目をそらさずにいう。「せまい場所に閉じこめられているときの身体的コンディション情報を取得する装置なんだが、それに少々改良をくわえた。副次的に、きみがコンテナのなかにいた継続時間も記録される……ははあ！　爆発のあいだ、きみはかくれ場にいなかったな、ランディ！」

「だからなんだと？」

「どこにいたんだ？」

「機関室だよ」と、ランダルフはつっかかるようにいう。「だからって、わたしが破壊工作者だということにはならないじゃないか」

「だが、工作員を見たかもしれないだろう」

「問題の時間帯には大勢の人間を見た」と、ランダルフ。「あんたの上司サムヘイゲンに、ピグネル船長、もちろん首席技術者のレスコも。あんただっていたじゃないか、スバル。機関室でなにを探していたんだ？」

「ま、聞けよ！」カメレオン人はいきりたっていう。「わたしが関心を持っていたのは技術的なことだ。わが種族のためにメタグラヴ・エンジンがほしい」

カメレオン人の無邪気な率直さには、いつも驚かされる。

「大声でいうことじゃない。スパイ容疑をかけられるぞ」と、ランダルフは忠告する。

スバルヴァアはさげすむような身ぶりをした。

「わたしに罪の意識はない。きみたちテラナーだって、テクノロジーの大半を高度に発展した種族から学びとった。われわれカメレオン人は、若くてこれから躍進する宇宙航行種族なんだから、先行する種族の発展を志向するのは正当なこと」

ランダルフはため息をつく。スバルヴァアと道徳的原則を論じるつもりはない。相手には独自のモラルがあるのだ。それは、最初にそう見えるほど非難すべきものでもない。

スバルヴァアは技術に天賦の才がある。とりわけ、ランダルフのためにこの生存用コンテナをつくり、密航者として《コロアード》に乗船できるようにしてくれた。ふたりが出会ったのはハンザ司令部で、スバルヴァアが〝マゼラン諸種族の全権委任外交使節〟として派遣されたときのことだ。だが、ランダルフがその本質を見破ると、カメレオン人は〝マゼラン星雲の利益のための経済専門家〟と名乗った……やがて、その地位はただの被験者にすぎないと、ランダルフに見ぬかれるのだが。しかし、こういう見方ではとらえきれないのがスバルヴァアである。なにより、かれはランダルフの友なのだ。いっしょに大マゼラン星雲へ行きたいという願望を表明したとき、いささかの躊躇もなくコンテナをつくり、《コロアード》船内にこっそりいれてくれた。その前にランダルフはハンザ司令部から解雇通知をうけていたのだが、かれのために泣いてくれた者は、テラにはひとりもいない。友も縁者もなく、いつだって一匹狼だった。あとになって考えてみれば、冒険への可能性と友情を提供してくれるスバルヴァアのような人物を、ひたすら待っていたように思える。

スバルヴァアの特異性を理解し、それと折りあいがつくと、すばらしい男とわかる。

「わたしに文句をいうために、ここにきたわけではないはず」ランダルフはいう。

「もちろん、そうじゃない」と、スバルヴァア。「犯人を見つける手伝いをしてもらいたいと思ってね。船内にセト＝アポフィスの工作員がいるはずだ」

「で、あんたはどう考えてる？」ランダルフはたずねる。「わたしはここに隔離されて、船内で起きてることはまるでわからない」

「隔離されてることにはいい点もある」と、スバルヴァア。「きみがここにいることはだれも知らない。数にはいっていないのだから、工作員でもない。で、船内の事件に関する情報ははいってくる。なんのためにコンテナに盗聴装置をとりつけたと思う？もちろん、映像伝送機能つきだぞ。いいか、この小型スクリーンで司令室を観察できるんだ。いろんな視点に設置した七つのカメラで」

「だんだんあんたが恐ろしくなってきたよ、スバル」と、ランダルフ。「天才だ。あんたがセト＝アポフィスの工作員だったら……」

「冗談じゃなく、そういわれているんだ」と、スバルヴォアはランダルフの発言をさえぎり、「助けてくれるか？　そうしてくれれば、わたし個人を助けるだけにとどまらない」ランダルフがうなずいたので、カメレオン人はコンテナのちいさな付属品にいくつか変更をくわえ、追加回線をつないだ。「これで司令室とワイヤレスでつながる。さらにはわたしのキャビンとインターカム接続もできるし、もし信用できないのであれば、わたしをひそかに観察することもできる」

「すまない、スバル、そんな意味じゃなかったんだ」と、ランダルフは、「あんたが潔白だってことは承知してるよ」

カメレオン人がセト＝アポフィスを恐ろしがっているのは、はじめてそのことを聞いたときからランダルフは知っていた。そればかりではない。スバルヴォアにしてみればセト＝アポフィスは、大部分の人々にとってそうであるような、はるか彼方の漠然とした脅威などではなかった。それは、スバルヴォアに……かれにしてみれば、全カメレオン人とマゼラン星雲に……つきつけられた現実的な脅威であって、いわば個人的な敵みたいなものだった。その脅威はランダルフ自身にもとても手に負えないが、スバルヴォアはいつもそれがある状況で生きてきたのだ。そういうわけで、かれは、宇宙ハンザがこれまで以上に大マゼラン星雲とかかわってほしいと切に思っている。

「これからまた司令室に行かなくてはならない。未知の飛行物体がその後どうなったか知りたいから」と、カメレオン人が別れをいい、「それに、セト＝アポフィスの工作員をあぶりだすこともできるかもしれない」

カメレオン人は貨物室を立ちさり、ランダルフはコンテナのなかにこもった。そのコンテナは〝マゼラン星雲での瞑想用石棺〟と表記され、積載リストにカタログナンバーZBV51と登録されている。

＊

司令室は興奮につつまれ、大騒ぎだ。ハイパートロップが吸引作業を停止し、《コロアード》をおおうエネルギー漏斗の輝きが消えてからは、すべての乗員が正体不明の飛行物体に集中している。

球とシリンダーでできた物体は速度とコースをこちらにあわせ、五万キロメートルの安全距離をたもって飛行している。それでも、ほかの僚船よりは《コロアード》に近い。

プロジェクションでこの正体不明の飛行物体をはじめて見たとき、ランダルフは大きさよりもその形状に強い印象をうけた。《バジス》あるいは六隻のコズミック・バザールと比較して、この宇宙船はそれほど巨大というわけではない。くわえて、小型スクリーンではさほど良好な視覚印象は得られない。しかし、シリンダー状の付属部をそなえた球型船など、これまで見たこともなかった。

司令室の幹部たちも似たりよったりの状態だ。

「この船はどこのものかしら？」アンジャ・ピグネルがたずねる。

「いずれにせよ、マゼラン星雲のものではありませんな」きいきい声がスバルヴォアの登場を告げている。「われわれ、この形状と規模の船は製造していませんから」

「では、宇宙の深淵からあらわれたに相違ない」と、だれかがいう。

「セト＝アポフィスが送りこんだのでしょう！」スバルヴォアはそういって、注目のすべてを自分にひきよせた。どうしてそれがわかるのかと問われて、「きわめて明白です。あのような宇宙船はわれわれの銀河にはないので、セト＝アポフィスの補助種族のものにちがいない」

「そのようなナンセンスはいわないことだ、スバルヴォア」フレム・サムヘイゲンがカメレオン人を強くとがめる。

ランダルフは小型スクリーンで商館チーフをしっかり観察していたが、細かい表情はわからない。

「この物体、どことなく不気味な気がする」と、だれかがいう。「なにをするでもなく、われわれのそばを飛んでいるだけだ」

「それなら、むしろそのほうがいいわ」だれだかわからないが女の声がした。「コンピュータ予測を見てごらんなさい。この巨大物体、キャラバンの総火力を凌駕《りょうが》する武器を装備している可能性があるのよ」

「どうしてあれが敵だと想定するの？」と、アンジャ・ピグネル。「われわれはまだいかなる脅威もくわえられていない。そこから推測すれば、あの異人は平和的な意図を持っているということ」

「異人すべてに対して先入観を持つのは、典型的な人類のすることではありませんな」と、スバルヴァア。「が、この場合は注意されたほうがいい。あの船がわれわれに注意を向けた原因が強力なエネルギー流だというのは、疑いのないところです。さらに、破壊工作によってエネルギー吸引が必要になったのも周知のこと。《イントローラ》のジャスパー・ベイズが、この関連をすでに指摘しています。船内のだれかが、こういう方法で、われわれの存在を気づかせようとした可能性を無視すべきではありません」

「口をはさまないでください、スバルヴァア」アンジャ・ピグネルがカメレオン人に大声でいう。「あなたは本船のゲストにすぎない。争いの種をまこうというのなら、あなたを拘束します」

「スバルヴァアは、だれもが考えていることを口にしただけだ」と、フレム・サムヘイゲンがカメレオン人を擁護する。「異人であるかれは容疑者ナンバーワンだ。どれくらいの者たちがスバルヴァアを破壊工作員だと考えているのか、知りたくはないが、かれは口をつぐんでいるべきだとでも？」

ランダルフは、女船長と商館チーフがライバル関係にあると認識していた。サムヘイゲンが女性に命令されるのをよしとしないことに原因があるのかもしれない。

「目下、犯人探しより重要な懸念があります」アンジャ・ピグネルが応じる。球とシリンダーでできた物体のうつるパノラマ・スクリーンをさしめし、「正体不明の船がどうやってあらわれたかよりも、なぜいまここにとどまっているのか、そっちの問題のほうが気がかりなのよ」

「われわれをどうするつもりか、まだ決めていないからでは？」スバルヴォアがまた口をはさんで、女船長に怒りをふくんだ視線を投げられた。

カメレオン人には驚かされるとランダルフは思った。いつだって注目を浴びるすべを心得ているのだ。だが、やりすぎるのではないかと心配になる。スバルヴォアはセト＝アポフィスの工作員を……そもそも、そういう者がいるとしての話だが……あぶりだすといっていた。しかし、どうやって？

「あなたにはそれがわかるのかしら？」アンジャ・ピグネルがあざけるようにいう。

「わたしにはわかりませんが、工作員なら」と、スバルヴォアは答える。「わたしは自分が無実であることを証明できませんが、セト＝アポフィスの工作員の正体をあばくことはできるかもしれません」

最悪の心配が現実になり、ランダルフはコンテナのなかで熱くなった。フレム・サムヘイゲンでさえ、スバルヴァアが事態を極端に押し進めていると考えたようで、声をはりあげた。

「もういい、スバルヴァア。きみの冗談につきあっていられないくらい、状況は深刻なんだ」

「あら、どうして？」アンジャ・ピグネルが尊大に、「もしそれができるなら、よろこんでそうしてもらいたいわ。超越知性体の工作員をあぶりだせるなら、宇宙ハンザは永遠にスバルヴァアに感謝することになるでしょう。数十年も前から手をつくしているのに、潜在的工作員を見つけることはできていないのだから。で、スバルヴァア、どうやって裏切り者を暴《あば》くのかしら？」

ランダルフは緊張の面持ちで、急場を巧みに切りぬけるスバルヴァアの答えを待った。しかし、カメレオン人の返答は思いもかけないものだった。

「ハンザ司令部は、わたしのささやかな協力のもと、ある装置を開発しました。それを使えば、潜在的工作員でさえ、活性化したセト＝アポフィスの工作員と同じように暴くことができます。これは変更をくわえた脳波パターンのようなものに関係しますが……内部事情を洩らすわけにはいきません。極秘プロジェクトですからな。状況がこれほど悪くなければ、船内に〝S＝A工作員センサー〟があるなどとはいわなかったのですが」

ランダルフは目を閉じ、コンテナの内ばりクッションに頭をもたせかけた。スバルヴォアのせいでひどいことになりそうだ。

「で、その〝S＝A工作員センサー〟はどこにあるの？」アンジャ・ピグネルがたずねた。

「積載リストに載ってます、もちろんべつの名前で」スバルヴォアは答えた。「もうこれ以上はいえません。でも、いつだってその装置を作動できますし、わたしを最初の被験者としてセンサーにかけてもけっこうです。この申し出をよく考えてください。自室キャビンにいますから」

ランダルフはいま聞いたことを信じたくなかった。

あんた、しゃべりすぎだよ、スバル！と、絶望的になった。積載リストにていねいに目を通せばだれでも、すぐに〝マゼラン星雲での瞑想用石棺〟に気づき、これが名前を変えた例のものなんじゃないかと考え、コンテナを調べて……そのなかにいるわたしを見つけるじゃないか！

ランダルフはいっきに、コンテナがまるで牢獄のように感じられた。ここから逃げだし、どこかにかくれるのがいちばんだ。船内のトイレだって、いまや、ここよりはずっと安全なかくれ場だろう。

しかし、驚いたことにアンジャ・ピグネルがこういったのだ。

「この件は忘れたほうがよさそうね」そして、サムヘイゲンのほうを向くと、あざけるように、「ただ、あなたにはお伝えしておきます。お気にいりをすこしは教育なさったらいかが？　かれがこんどまた、われわれをばかにするような発言をしたら、責任をとってもらわなければなりませんからね」

それに対して、トルペクス商館チーフは、なにも発言しなかった。非常に考えこんでいるように見えた。

＊

スバルヴォアが自室キャビンにもどったら連絡がくるだろうと思ったものの、ランダルフはもう待っていられなかった。それで、三回呼びかけてみたのだが、一度も連絡がとれなかった。

そのあいだずっと、司令室で起きていることを見ていた。異宇宙船は相いかわらずコースを保持したまま、《コロアード》に伴走している。アンジャ・ピグネルが船の速度をあげるよう命じると、予期したとおり、球とシリンダーでできた物体もそれにあわせる。

《イントローラ》からジャスパー・ベイズが連絡をよこし、「アンジャ、これ以上待つわけにはいかない」と、いう。「われわれの側からあの宇宙船にコンタクトするか、あるいは、ゾンデをいくつか送って近くから観察するかだ」

「それは挑発とうけとられかねない」と、女船長。

「正体不明の相手がこちらのコースにあわせたり、速度をあげたら同じく加速したりするのは、挑発ではないのか？」と、ベイズが応じる。「すくなくとも、通信で身元確認を要求すべきだ」

「イニシアティヴはあちらにとってもらうわ」と、アンジャ・ピグネル。「われわれは、この宙域を領土とみなしているので、コンタクトをうける権利を主張できる」

「頑固だな、アンジャ」ベイズは怒っている。「異人が宇宙ハンザに甚大な危害をくわえるコンタクト方法を選択するかもしれないのに、まずいと思わないのか？　すくなくともベルゲン・バザールに知らせるべき……」

「そうする理由がない」女キャラバン指揮官は、ベイズに最後までいわせない。「異人はハイパーカム通信を探知するだろうし、それを誤って解釈するかもしれない。わたしは誤解を避けたいし、弱みを見せたくもないの。だから、こちらに援軍として船を送ったりしないで。われわれはもう一度加速して、ゆっくりそちらに追いつくわ。以上よ、ジャスパー」

「わたしはただ、きみが正しい行動をとっていると願うばかりだ、アンジャ」接続を切る前にベイズはそういった。

「とんでもない災難になるかもしれんな」と、フレム・サムヘイゲン。「宇宙ハンザで働いてきて、なんやかやでもう四十年になるわけだが、指揮官がこんなまちがった行動をとるのを見たことがない」

「わたしがまちがった行動をとったかどうかは、あとで判断してくれればけっこう、フレム・サムヘイゲン」アンジャ・ピグネルは応じた。

このライバル同士のどちらに共感すべきか、ランダルフは決めかねた。ふたりは対照的な気質の持ち主というのではなく、むしろ似ているといってさしつかえない。しかし、だからこそ、たがいに火と氷みたいにふるまってしまう。ひょっとしたら、そこにもうひとつべつの要素がくわわるかもしれない……セト＝アポフィスという要素が。

ランダルフはもう一度スバルヴォアのキャビンに呼びかけてみた。こんどは幸運にもカメレオン人が応じた。

「こんなに長いこと、どこに行ってたんだ？」ランダルフは非難がましくいう。「そのあいだ、ここでめちゃくちゃ不安に耐え、ほんとうに棺のなかにいるみたいだった」

「ああ、ついうっかりしていた」と、スバルヴォア。「が、考えなくてはならないことがいくつかあったのだ。このコグ船に乗ってから、フレムが変わったように思える。以前はもっと気さくだった」

「それはわたしにはなんのかかわりもない」と、ランダルフはいう。「まったくべつのことが気がかりだ。そもそもあんた、自分のやったことがわかってる？」

「コンテナの調子がどこか悪いか？」

「ばかも休み休みにしてくれよ！」ランダルフは怒声を発す。「あんたの戯言《ざれごと》がわたしにどんな結果を招くかわかってるのか？　もしだれかが〝S＝A工作員センサー〟を探したら、まっさきにわたしのかくれ場にきちまうじゃないか」

「もちろん、わざとそうなるようにしたんだから」

「わざとだって？」ランダルフは愕然とする。

「そこに、わたしの計画はもとづいているのさ」スバルヴォアはそういうと、抜け目ない顔をした。「ま、聞けよ。正体を暴きだす装置があるとセト＝アポフィスの工作員が知ったら、一分だって心おだやかではいられない……」

「あんなほら話、だれも信じやしないよ！」ランダルフはスバルヴォアの発言をさえぎる。

「工作員はすくなくとも、わたしの話がほんとうかどうか考えるにちがいない」と、スバルヴォア。「で、リスク回避のために、装置を始末するわずかなチャンスを見つけようと試みるだろう。そいつを探そうとするってわけだ」

「たしかにそうかも」ランダルフはしぶしぶ認めるしかなかった。「工作員が〝S＝A工作員センサー〟を探しはじめる……いや、だけど、そこがわたしが心配しているところなんだ。コンテナのなかにいたら見つかるじゃないか！」

「ご名答、わが愛する若きハンザ商人」スバルヴァアが認める。「きみのコンテナをごそご探るやつが裏切り者だ。よく考えようじゃないか、罠をしかけるか、捕まえて縛るか、あるいはほかの方法にするか。どうだ、この計画、天才的だと思わないか？」

「まあね……わたしが罠の餌《えさ》になるしかないという事実をのぞいて」ランダルフは居心地悪そうにいう。「わたしがどんな危険におちいるか、考えたのか？」

「きみに危険はない」スバルヴァアが約束する。「きみになにも起きないように考えた。コンテナには遠隔操作できる安全錠がついている。いまちょうどそれをロックした。だからきみにはなにも起きない。裏切り者はきみのところに押しいれない」

「だけど、それじゃ、わたしも外に出られない！」ランダルフは叫んだ。が、カメレオン人はすでに接続を切り、もはや聞いていなかった。

あんたはたしかに天才だよ！　と、ランダルフは考えた。一瞬、スバルヴァア自身が工作員なのではないかという不安に襲われたが、すぐに、その考えを振りはらった。

司令室のようすを知ろうと、ランダルフはまた盗聴装置のスイッチをいれる。それは、正体不明の船が《コロアード》に通信連絡をとった、まさにそのときだった。

音声が耳にはいってきた……しかも、インターコスモで。

4

アトランは、矢継ぎ早にいくつかの処置を命じた。明らかにセネカが通信ネットワークを制御しているので、口頭で命令しなければならなかった。適切な人物を数人選択し、なにをすべきか伝える。行動の説明をいっさいしなかったが、だれも質問したりしない。命令がいかに奇妙に見えたとしても、アトランは自分がやることを理解していると、かれらは知っていた。

〝駆除作戦〟を指揮するスワンに、アトランはいう。

「医療ステーションにもどり、なにか怪しい動きがないか見張るのだ。われわれの駆除作戦が逆に作用しているかもしれない。わかるか？」スワンは完全には理解していなかったが、うなずいた。アトランがさらに、「ほかにもっと重要なことがある。あとで医療ロボットを検査するから、一体を作動停止してもらいたい。だが、注意してやるように！」

スワンは、アトランの命令を実行すべく、即刻、行動した。医療ステーションにはいるとすぐに、作戦が逆に作用するという言葉で、なんのことをいっていたのかが理解できた。

スプーディだ！

〝駆除〟のあいだにスプーディが植えつけられたとしたら、なんという悪魔的な皮肉だろうか！　この恐るべき考えがはっきりと顔に出たにちがいない。かたわらに立っていた女医のメール・アスガルドが、

「どこかぐあいでも悪いの？」と、スワンにたずねた。

「いや、どこも」アトランから秘密保持をいいわたされていたスワンは、そういった。なにごともなかったかのように作業をはじめ、乗員の男たちのスプーディを調べるが、集中できない。男たちの冗談にも応じず、助手をつとめる医療ロボットをひそかに観察した。ロボットにふだんと異なる行動は見あたらない。

しばらくしてから休憩をいれ、医療ロボット一体についてくるよう命じた。ロボットはかれにしたがって隣室にくる。

そこでスワンはためらうことなく、ロボットのスイッチを切る。医療ロボットがほんとうに停止したかをもう一度確認し、キャビンを閉鎖し、任務成功をアトランに報告しようとした。

だが、まさにドアに手をかけようとしたとき、それが開き、べつのロボット一体がキ

ャビンにはいってきた。スワンはあまりに驚いたため、一瞬、口がきけなかった。やっと口がきけるようになったときには、はいってきた医療ロボットが先の一体のスイッチをいれていた。

「ここにとどまるのだ！」そばを通りすぎようとした二体に、スワンは命令した。「一連のテストのためにおまえたちが必要だ」

だが、二体は注意をはらうことなく、通りすぎていく。スワンが追いつくと、二体ともに自分の作業に没頭している。

もう一度、医療ロボットを停止状態にすることはできなかった。二体はプログラミングに忠実にしたがっている……だが、そのうちの一体を呼びよせることは不可能だった。

＊

ニーダ・ペッチーに命令したときのアトランは、秘密めかしていた。

「SZ＝1に行き、ライトニング戦闘機でスタートすべく試みてもらいたい。《ソル》をはなれたら楔型艦と通信連絡をとれ。こちらの身元確認をし、わが名前をあげることを忘れるな。わたしのことが忘れさられてしまったとは思わないから」

ニーダ・ペッチーとその部下たちは、SZ＝1の三百ある二座戦闘機のメンテナンスに従事している。彼女は命令に驚いたが、すぐに実行にとりかかった。なによりもまず、アトランが口頭で命令してきたことを奇妙だと思った。通信連絡ですむことなのに。セネカがまたおかしくなったのは知っているが、それはいつものことなのだし。

それでもニーダは、アトランの判断力が明晰であることに信頼をおいていた。かれがそれほど秘密裡《り》にいってきたのだから、乗員のだれにも知らせず格納庫におもむく。そこには人気《ひとけ》がなかった。

ライトニング戦闘機は列をつくって駐機している。最前列のものはいつでもスタートできる状態だ。そのうちの一機で飛びだすのになんら技術的問題はない。最大の問題はエアロックを開けることとくらいだ。

ニーダはライトニングの前部座席にすわり、もう一度技術的な機能をチェックした。ルーチン作業である。思ったとおり、戦闘機はきちんと整備されていた。いつでも飛べる。部下はどんなときでも信頼できるとわかっていた。いい仲間だわ。

いままた、アトランがあれほど秘密裡に行動したのがとても奇妙に思われた。それにしても、戦闘機一機をスタートさせることが、そんなに重要なのかしら？

ひょっとしてアルコン人は、すこしずつおかしくなってきたのかも。ゲシールがアトランの理性をいかに失わせたかを考えたら、驚きではない。ま、賢人としてすごした年月のなごりもあるのだろう。

それならそれでいい。しょせん自分の問題ではないし、そんなに真剣に疑念を持ったというほどでもない。

「では、行くわよ!」

ニーダはエアロックの遠隔開閉装置を作動させた。

なにも起きない。

何回か同じ操作をくりかえしたが、エアロックは開かない。

腹だたしげに戦闘機をはなれ、操作スタンドに行く。すべての計器表示がグリーンに光っているのに、そこからでもエアロックは開かなかった。

「こんなことがあるわけない!」ニーダは自分自身にいった。ひとり言をいうときはいつも、とほうにくれているしるしだった。しかし、もう一度やってみることにする。宇宙服をすばやく身につけ、手動で開けようとエアロックに行く。

ハンドルが動かない。

「いい、パニックだけはだめよ」と、自分にいいきかせる。「こんなの、まだましってもの。なによりもまず、アトランに通信で知らせなくちゃ」

こう考えたことで、新しい希望が生まれた。まずは宇宙服の通信装置をためしてみる。それからまたライトニングに乗りこみ、はるかに高性能な戦闘機の通信装置を操作した。

しかし、うまくいかない。

《ソル》全体を妨害フィールドがおおっている。そのバリアを、かんたんにはぬけられないのだ。

理解できない。息苦しさと不安がニーダに襲いかかる。

どういうことなのかしら？

これは、セネカのいつもの気まぐれなんかではないという予感がした。背後になにかがある。

アトランが《ソル》のあちこちで同時にこのような行動を命令していたなどと、ニーダ・ペッチーには知りようがなかった。

それらのすべてが失敗していた。

妨害フィールドのせいで通信回線がつながらないか、あるいは装置がいうことをきかないかだ。

〝いうことをきかない〟……これは技術機器の命令拒否のように聞こえる。

しかし、背後にあったのは、そんなものではなかった。

＊

「不用品を投棄だと！」ウィットゥ・ゴーガがののしる。「そんなばかげた話、聞いたことがあるか」

《ソル》年代記を読むかぎり、廃棄物がたんに船外に投げすてられたことは、ただの一度もない。たしかにそのための設備はあるが、いままで使用されたことはなかった。やむをえない場合にかぎられており、それ以外には使われない。ただし、ウィット・ゴーガがいつも手入れはしてきたが。かれは仕事に誠実だ。

ごみ処理装置のスイッチをいれると、ちゃんと動きだした。ゴーガの仕事ぶりのよさのあかしだ。しかし、なぜ価値ある廃棄物をリサイクルしないのか、理解できない。

きっと、機能障害を起こした船載ポジトロニクスのせいなのだろう。セネカならそういうばかなことをしかねない。だが、この命令を、アトランみずから口頭でしてきたとあっては……

ゴーガはびっくりしてしまった。長年のスプーディ輸送のあいだに、いかなる理由からか、処分せずにとっておかれたあれこれを見つめる。

いくつかは、ずいぶんと思いいれのあるものだ。それらがベルトコンベアを流れていくのを、切ない思いで追う。それを見て、惑星クランやヴァルンハーゲル・ギンスト宙域でのことが思いおこされた……じつのところ、捨てるのは惜しい。

突然、ベルトコンベアが停止した。

どうしてだかわからない。ゴーガは装置をチェックしたが、どこにも故障はない。歩きながらベルトコンベアを点検し、排出シャフトまでくると、シャフトロが開いていなかった。エアロックの内側扉自体が閉じて、ベルトコンベアを停止させたのだ。

逐一、技術的なことを点検した。それだけきっちり検証しても、故障個所を見つけることができない。
あと考えられるとしたら、まだ使えるかもしれないと評価されたものがあったため、排出シャフトが開かなかったのだろう。

それらしきものがあった。

クラン人用の宇宙服だ。〝欠陥あり〟とされたものだが、どこにもそれらしきところはない。

そして、そのなかに女がいた。

女は大きな宇宙服のなかにすっぽり姿をかくしていた。見つかったとわかって、出てくる。

「こりゃ、うまくやったな」ゴーガは頭のうしろを掻きながら、曖昧《あいまい》な笑みを浮かべた。

「わたしにいわせれば、うまくいかなかったわ」女は、仕事をじゃまされた〝不用品投棄人〟にいい、さらにつづけて、「わたしは世代船《ソル》からきました、もとUSO政務大提督アトランの名において話しています……こんなふうに楔型船団にメッセージを伝えられていたなら、アトランの計画も成功していたんでしょうけどね。でも、セネカは明らかにアルコン人より抜け目がなかったわ」

ゴーガにはもう、なにがなんだかさっぱりわからなかった。

スキリオンは、だれが見ても明らかにゲシールを敵視しているメール・アスガルドと、警備ロボット二体を連れて、ゲシールのキャビンにはいっていった。彼女はなんの驚きもしめさなかった。

＊

ちょうどペリー・ローダンの写真を見ていたときで、なにか用かしらという目つきで闖入者《ちんにゅうしゃ》を見た。スキリオンだけがゲシールの視線に身をすくませ、苦しまぎれに目をそらせた。

メール・アスガルドがかれのかわりに、

「あなたのお遊びはおしまいよ、ゲシール。アトランはもうこれ以上、長びかせるわけにはいかないと決心したの……いかなる手段を使っても、あなたに口を開かせようと。スプーディとどうかかわっているのか、自主的に話したほうが賢明だと思うけど」

「スプーディが消えてしまったことに、わたしがいっさいかかわっていないことを、アトランは知っている」ゲシールはおちついて応じる。

「つかのま、あなたに眩惑されただけよ」メール・アスガルドが冷ややかにいう。「いまはもう、あなたを見ぬいている。スプーディはどこにいるの？」

ゲシールは視線を女医にさまよわせ、ベルトでとまった。そこにぶらさがっているふたつの武器を見る。ひとつはパラライザー、もうひとつはブラスター。

「これは飾りじゃないわよ」メール・アスガルドが威圧的に、「わたしに逆らおうとしないことね」

ゲシールの目に不安げな表情がよぎり、

「ロボットを追いはらって」と、言葉が出た。「そばにいられると耐えられない……殺される……わたしのなかにあるなにかが……」

メール・アスガルドは笑った。

「あなたが話したくないというのなら、尋問するしかない」

ゲシールの顔がいっぺんにゆがんだ。いきなり跳びあがり、アスガルドにつかみかかる。女医はこの攻撃に驚き、防御するいとまがなかった。胸に一撃をくらい、壁に投げとばされた。

「スキリオン！」と、彼女は叫んだが、もと技術者は助けになりそうにない。石化したようにそこに立っているだけだ。

ゲシールはあっという間にブラスターを手にしていた。ベルトのグリップが、それがメール・アスガルドのブラスターであることをしめしている。女医は本能的に両手を顔の前にあげた。だが、そのときゲシールはもう発射ボタンを押していた。

致命的なエネルギー・ビームがキャビンにはしり、ロボットをとらえる。二体は猛烈な勢いでキャビンからほうりだされた。

ゲシールは撃つのをやめ、ブラスターを落とした。

大きく息を吸うと、

「これですこしは気分がよくなったわ。尋問室に連れていって」

スキリオンは彼女に近づき、耳もとでささやく。

「これはセネカをだますための作戦なのだ。アトランはセネカが自分に注意を向けないようにしたいので」

「おしゃべりね！」メール・アスガルドがけなすようにいう。しかし、本心からスキリオンを非難しているわけではない。男はみな、ゲシールの思いのままなのだ。

ロボット二体はほとんどあとかたもない。がらくただ。メール・アスガルドがそばに行ったとき、ふたつの金属の山からちっぽけな影がはなれたかのように見えた。しかし、幻覚であったかもしれない。

「アトランはさらなる陽動作戦を練っている」尋問室に行く道すがら、スキリオンがゲシールに耳打ちする。「ぜんぶ、同時進行することになっていて……」

ゲシールは反応をしめさない。トランス状態にあるかのように。

*

アトランがスプーディ警備担当者の準備室にあらわれたのは、まったく予想外だった。

「きてくれてよかった」驚きがおちついてから、ミッチ・セグインがいう。「とにかく、あなたと話したかったんです。もう空っぽなのに、倉庫三つを監視する必要がまだありますか？　これからだって見まわりをしますが、なんのために？　われわれ、たいていの時間は、やることなくぶらぶらしてます」

「それはまずい」アトランがいらいらと、「きみにはもうすこし自発性を期待していたのだが。〝スプーディ通り〟があるにちがいないと考えたことはないのか？」

「スプーディ通り？」セグインがびっくりしてくりかえす。

「スプーディが移送された道だよ」と、アトラン。「スプーディがいきなりタンクから非物質化することはない。すくなくとも、とてもありそうには思われない。その理由から、まずは容易に思いつく可能性を調べなければ」

「しかし、われわれ、倉庫三つの周囲の全セクションを捜索しました」と、セグイン。「スプーディが通った跡を見つけようと、あらゆる技術的な労をいとわなかったんですよ。結果をご存じでしょう。これ以上なにができるのか、わたしにはわかりませんが」

「最初からやりなおすのだ」と、アトラン。

「あの大騒ぎをぜんぶですか？」セグインが驚いてききかえす。

「きみがなんら成果をあげられなかったと聞いても、わたしは驚かない……そういう考え方なら！」アトランは非難する口調で、「わたしが補佐するといっても、気にしないか？」

「まさか、しませんとも……」アトランに壁にぐいと押されたセグインは、文字どおり追いつめられたような気がした。「なにを提案するのですか？」

アトランは警備チーム全体を集めて話した。

「諸君、スプーディがいかなる方法で運びだされたのか、見つけださねばならぬ。スプーディ通りを探すのだ！　見つけたら、終着点まで追跡する。そこがスプーディのかくれ場にちがいない。あらゆる技術的方策を利用し、スプーディのシュプールを追え。シュプールはあるはずだ。スプーディはエネルギーを放射するので、赤外線暗視装置で余熱を測定できる。ほかにもまだ、不可視のものに迫る方法は多くある。いちいち教える必要はあるまい。セグインとわたしが作戦の指揮をとる」

アトランは出動計画を提示してから捜索隊を送りだしたが、かれらはやる気満々というわけではなかった。あらたなアイデアはしめされず、これまで二度三度とやってきたことを、すべてくりかえすことのみ要求されたのだから。

捜索隊が準備室を出たあと、セグインが、

「ほんとうに成果を期待しているのですか？　それとも作業療法にすぎないということですか？」

「われわれ、スプーディを見つけてみせる」アトランは断固としていった。

これほどまで強く決意と成功を確信するアトランを、セグインはめずらしいと思った。それでもなお、こんなことをしてなにか意味があるのだろうかといぶかる。だが、最善はつくそう。

はいってくる報告をアトランといっしょに精査した。ふるいにかけ、手がかりになるかどうかを検証した。だが……セグインはそうなるだろうと思っていたのだが……成果はゼロにひとしかった。

最初は準備室から指揮していたが、グループがさらに先へとくりだしていくと、ふたりもあとにつづいた。

「われわれ、両サイドから指揮できるよう、ふた手に分かれるべきかと」

しかし、それに関してアトランはなにもいわなかった。セグインは、アトランがなにかかくしているという気がした。アルコン人は基本的に、むだな行為を根拠なく拡大するタイプではない。だから、なにかべつのことがかくされているにちがいない。そう考えてセグインは、アトランは抜け目のない方策を計画しているのだと結論づけた。

《ソル》のいたるところで、理由は異なるが最終的には同じ目的を追求する出動がかけられていることなど、セグインには知りようがなかった。それらの共通項となっているのはセネカである。船載ポジトロニクスが《ソル》周囲にはった隔離バリアに隙間を見つけだすというのが、おもて向きの狙いだった。

しかし、アトランはこのとりくみの成果を信じていなかった。ほんとうに重要な活動をカムフラージュするための、セネカに対する陽動作戦としての意味しかみていない。

セネカをあざむかねばならないのだ。それはかんたんに聞こえるが、実際にはなまやさしいものではない。というのは、セネカはどこにでもいたからだ。コンピュータに気づかれずに、くしゃみひとつできない。

《ソル》船内でセネカは、ほとんど無制限といっていい力を持っていた。そのことをソラナーは、《ソル》が監獄と化したとき、はじめて認識した。セネカはかれらの執拗な牢番となったのだ。

そのふるまいの原因が船載ポジトロニクスの機能障害にあると、ほとんどの乗員はみなしている。今回の独断専行をまともにうけとめてはいない。

反対に、アトランはより深刻な危機であると認識していた。非常に具体的にイメージしていたが、証拠が不充分だった。作戦行動中にそれを見つけたいと思っていた。

ほんとうはとっくに真相を嗅《か》ぎつけていなければならなかったのだ。ゲシールがヒントをくれたのだから。彼女は重要なメッセージを伝えたがっているときの口調で、こういっていたではないか。

共生体としてのスプーディは宿主がいなければ行動できないと、アトランがいったとき、〝スプーディはまさしく適切な宿主をひとつ見つけたのよ〟と、答えたのだ。ところが、かれはわかっていなかった。〝ひとつ〟にアクセントが置かれていたことを。深く考えもせずに〝人間の〟宿主を考えたものだから、この言葉の背後に意味がかくされていることに、すぐには気づかなかったのだ。

セネカがイニシアティヴを奪いとり、《ソル》の通信システム全体を麻痺状態にしてはじめて、ひと筋の光がさした。アトランは兆《きざ》した推測の確証を見つけたかった。どこを狙うか、時間をかけてじっくり考え、弱点を見つけるべくコンピュータ・ネットワークを研究し、最終的に、スプーディのタンクがある領域の〝接続点〟のひとつを探ることにした。多くのコンピュータ中継ポイントのひとつがセグインの監視領域のなかにあり、そこはアトランが推測したとおり、実際に弱点だった。

その中継ポイントでは、乗員による復旧作業がほんのすこし前におこなわれたばかりで、迅速な追跡調査を可能にするために、暫定的な被覆がされただけだった。

その中継ポイントに、アトランはセグインとともに近づいていく。セグインはかれの意図がまったくわかっていない。しかし、これは必要なことだった。つまり、不注意からセネカに気づかれたりしないということ。

がはらった努力のことごとくは、ばかばかしく大げさに見えた。というのも、アトランが壁の被覆をほんのすこし剝がすのに役だっただけなのだから。しかし、このほんのちょっとした骨折りの成果は、とんでもなく大きな意味を持っていた。

アトランは中継ポイントに到達した。

ちょうどそのとき、セグインは、通信機で一捜索隊に指示をあたえることに専念していた。

アトランは偶然であるかのようにコンピュータ中継ポイントに近づくと、いきなり前方に跳び、修復したばかりの壁の被覆を剝ぎとった。すると、接続点があらわになる。

そのとき、かれは見た。スプーディ三匹が電光石火、身をかくしたのを。おそらく中継ポイントをコントロールするためには、もっとたくさんいたはず。ほかのスプーディは、まんまとかくれることができたわけだ。しかし、三匹は目撃した。そしてこれこそが、セネカの誤謬《ごびゅう》作動がよくある機能障害ではないという証拠だった。

この接続点に、ひと握りのスプーディ。《ソル》全体では何百万とちらばっているだろう。コンピュータ・システムの重要なポイントに居すわり、この方法でセネカを思いどおりに操っているのだ。

「どこかに不具合でもありますか？」セグインがたずねながら近づいてくるが、かれはもうスプーディを見ることはない。

「ここの被覆はしっかりとりつけなくてはならないな」アトランは、もっぱらそのことが重要であるかのごとくいい、もとどおりになおしてから、「なにが問題なのか、きみはとっくにわかっている、セグイン。もうわたしがいなくてもいいだろう。スプーディ通りをひとりで探してくれ」

「もちろんです、アトラン」セグインはきっぱりといい、自分なりに考えた。

アトランはまっすぐ司令室に向かった。そこでは、悪い知らせが待ちかまえていた。

タンワルツェンが興奮して、

「数分前からセネカが自発的に異船への通信回線をオープンにし、活発に交信しています。腹だたしいことに、われわれにはそれをやめさせる手だてがありません。なにを意図しているのでしょうか？」

「セネカにきいてみたらどうだ？」

「このいまいましいコンピュータは」タンワルツェンが悪態をつく。「問いあわせのすべてを無視し、われわれを空気みたいにあつかうのです。ひょっとすると、オービターあるいは楔型艦の乗員に、《ソル》は害虫に襲われたロボット船であるとしめす気でさえいるかもしれません。望むらくは、セネカが駆除作戦を遂行しようと思いつかなければいいのですが」

「セネカはすべてを聞いているんだぞ」隣りに立っているカルス・ツェダーが口をはさんだ。「ひょっとすると、自分自身では思いつかないアイデアを、きみが教えてしまったかもしれない」

「交信を傍受する可能性を見つけるべく試みてくれ」アトランが命令した。「それと、スクリーンに注意するのだ。あるいは楔型艦の作戦から逆推測できるかもしれないからな」

＊

アトランはまだ乗員に状況説明するときではないと判断し、危機対策会議を召集しなかった。セネカに警告することになってはならない。そうなれば極端な処置を誘発しかねないから。

考え方を自己修正した。自分に影響をおよぼし、意のままに行動させようとしているのは、セネカではなくスプーディなのだと。

スプーディの意のまま！　なんという響きだ。考え方を変えることが要求されている。昆虫に似た、知性を向上させるマシンに対し、いままでとはまったく異なる対処をしなくては。すこし前まで、スプーディがみずから行動を起こすことはないと思っていたのだが。

スプーディになにが起こったのか？

アトランはスプーディのことならよく知っているし、いまも見方は変わっていない。

スプーディは基本的には独自の価値観を持たない。つまり、だれかが、なんらかの力あるいはエネルギーが、スプーディに影響をあたえ、行動を起こさせたにちがいない。いかなる力が？　どんなエネルギーが？

断じてゲシールではない。スプーディにどこかおかしなところがあるとアトランに指摘したのは、彼女なのだから。スプーディになにが起こったのか、彼女も見つけだせなかったのだ。いまや、スプーディはとてつもないネットワークを持ち、セネカを完全に支配して、楔型艦の乗員と通信連絡をとらせることができる。あっちとこっちを行きかう通信内容はどういうものなのか？

それを知る手だてはない。

アトランは自分の発見をタンワルツェンに知らせるチャンスを待った。セネカが盗聴していないと確信したとき、はじめて知らせる。

いつもならなにごとにも動じないハイ・シデリトも、さすがに青ざめた。

「つまり、スプーディが船を支配していると」と、仰天しつつ確認し、「どうやってひっとらえたら？　全ロボットを向けてくるでしょうから、われわれ、やつらを狩ることはできません……どんな恐ろしい光景が待ちかまえているのか、まったく思い描きたくないですな」

「われわれが知っていることをセネカがまるで察知していない点では、こちらが有利だ」と、アトラン。「状況がこのままでしのげるかぎり、乗員には話さない。とりあえず、責任的立場にある者たちにだけ打ち明ける」

「カルスとツィアにはわたしが伝えます」タンワルツェンが申しでる。

アトランは次にスキリオンに伝えた。水宮殿のもとコミュニケーション責任者は、アトランの説明に対して沈黙したままだった。

「スプーディに注意するよう警告したはずではないかと、なぜいわない？」アトランは喧嘩腰のものいいだ。

「スプーディが変質するとまでは想定していませんでした」と、スキリオン。「これからどうすればいいのでしょう？」

次にアトランはスワンに教えた。スワンは外科医の目で問題を見たが、患者に対する効果的な手術方法はわからなかった。

「腫瘍《しゅよう》のような病巣があるだけなら、手術でとりのぞくこともできるでしょう」と、スワンはいう。「しかし、セネカは骨の髄まで感染しているわけですから、システム全体に特効薬を循環させなければなりません。幅ひろい効き目のある薬剤を。一種のスプーディ・キラーを投入してはどうでしょう？　たとえば、ゲシールを」

「彼女に話してみる」と、アトラン。

セグインがやってきて、〝スプーディ通り〟の捜索がはかどらないと報告する。アルコン人は真相を説明した。

「可能性はひとつしかないと思います。つまり、《ソル》を放棄するしか」と、セグインが即答した。「変質したスプーディに脅かされるより、楔型艦の捕虜になったほうがましです」

アトランが手ぶりで制し、

「セネカはすべてのエアロックをかたく閉じ、ごみひとつだって船外に放出させないのだ」

司令室にもどる。そこは、勤務時間なのになにもすることがないのをべつにすれば、すべて通常と変わらぬように見える。アトランはそこで、楔型艦のコース変更を目撃。偵察艦タイプの一隻がのこりの艦に追いつくと、全艦隊が《ソル》の方向に動きだした。

「攻撃だろうか？」と、だれかが大声でいうと、勝手な推測がいいかわされた。だが、議論がクライマックスになる前に、まったく予期しないことが起こって、かれらは口をつぐむことになる。

スクリーンが暗くなったのだ。

いまや《ソル》乗員は外界から完全に孤立していた。

「船内通信システムはまだ機能しているか？」アトランは問いあわせた。機能していると確認されると、全乗員に向けて放送できるよう指示した。

「ソラナーたちに告ぐ」船内どこにいても聞こえる呼びかけをはじめた。「スプーディがどこにかくれているか、いまやわれわれの知るところとなった。コンピュータ・システム全体に巣食い、セネカを操作している。こういう方法で諸君に話せるのは、これが最後になるかもしれない。だからいっておく。どうか、冷静をたもちパニックにおちいらないように……たとえなにが起きようとも。どういう影響が出るかは予測できず、状況は深刻であるが、希望がないわけではない。上司の指示に厳格にしたがい、節度ある行動をとるよう願う。とりわけ、単独でスプーディ狩りをしないよう警告しておきたい。自身や船内装備を損なうことになるから。状況改善の手だては司令室で決定する。われわれは非常事態にあり、乗員各人はハイ・シデリト指揮権下にある」

スピーチを終えたとき、ゲシールが司令室にはいってくるのが見えた。とりみだしているようだ。それでも男たちの反応から、彼女の意識内に黒い炎が燃えているのがわかった。

「スプーディにどこかおかしなところがあると、わたしがいったこと、いまなら信じてくれる？」と、彼女はたずねる。

「そのことに疑いはない」と、アトラン。「スプーディがセネカをわがものにしているかもしれないと気づくための、決定的なヒントをあたえてくれたのはきみなのだから。

きみはそれを知っていたのか？」

彼女がかぶりを振ったので、黒髪がなびいた。

「悪魔がスプーディを支配している。精神をむさぼる怪物が」ゲシールは夢心地のような声で、「わたしには鉤爪さえ感じられた……」

ゲシールの言葉で、アトランは二カ月前の出来ごとをいくつか思いだした。当時、ゲシールのキャビンが荒らされ、彼女自身もけがを負った。彼女を崇拝するひとりの若者、スキリオンの息子メルボーンが、一ベッチデ人の無害なペットのせいだと決めつけ、殺してしまった。アトラン自身は、ゲシールが自分の能力を一時的にコントロールできなくなり、意図せずそうなったと考えたもの。だが、いま、ゲシールはほのめかしている。スプーディを操作し再プログラミングしたなにものかの力が、彼女に影響をおよぼしたのだと……

「その怪物には名前があるのか？」アトランは、ゲシールの言葉をひきとって、たずねた。

ゲシールがなにかいったが、アトランは聞きとれず、

「なんといった？」と、たずねた。

彼女は驚き、

「わたし、なにかいったかしら？」

そう応じ、背を向けようとした。しかし、アトランがひきとめる。ゲシールは振り向き、奇妙な貪欲さをたたえた目でアトランをじっと見た。かれは目を閉じたが、そうすることで黒い炎の支配を追いはらうことはできなかった。

彼女はわたしに多くを期待しているとアトランは考える。わたしにはあたえられないなにかをもとめている。しかし、ひょっとしたら、なにかをあたえるつもりなのか。

「きみの助けが必要だ、ゲシール」と、アトランはいった。

5

「こちら遠征船《ソル》!」

この通信は、《コロアード》の司令室に大きな興奮をひきおこした。当然のことだ。スピーカーから明白なインターコスモが響いてきただけではなく、正体不明の宇宙船が地球がめぐる恒星と同じ名前を名乗ったのだから、充分に驚くべきことではないか。

密航者としてコンテナに閉じこめられているランダルフ・ヒューメは、司令室にいられたらと思う。が、すくなくとも起こっていることを小モニターで見聞きできるのは、ラッキーともいえる。

《ソル》という船名は、どこかで聞いたことがある。ところが、どういう関連で耳にしたのか、思いだそうとしても思いだせない。宇宙史にそれほど興味を持たなかったことが、いまになって悔やまれる。

《ソル》……ランダルフは、この船名の意味を思いだせそうにもなかった。

司令室の興奮がまださめやらぬとき、人間のものではないような、ひずんだ声がさら

につづけて、

「わたしの名はアトラン。ソラナー一万人の名において話している」

アトラン！

この名が思考ブロックの解除キイのように作用して、洪水のようにランダルフの記憶を呼びおこした。

正確な日付までは思いだせないが、人類史に多大なる影響をおよぼしたアルコン人が消息を絶ったのは、新宇宙暦が導入されたすこし前だったはず。つまり、四百二十五年以上前……まだ宇宙ハンザが創設される前のことだ！

なんという長い時間か。

急にことの関連性が見えてきた。《ソル》は、その一年前にペリー・ローダンと別れ、目的地がわからぬまま姿を消している。で、いま、アトランが《ソル》で帰ってきた。どうしてそんなことが可能なのか？

似たような疑問が司令室でも生じていたとみえる。アンジャ・ピグネルが信じられないというふうに、

「あなたは、四百年以上も前、ペリー・ローダンのかわりにコスモクラートによって物質の泉の彼岸に連れていかれたアルコン人、アトランだといいたいのですか？」

「正確な日付を知りたいというのなら、それは三五八七年十一月十日のことだ」と、み

ずからをアトランと名乗る男の声が、通信装置から聞こえてくる。「《ソル》はその前年の十二月二十四日、ペリー・ローダンからソラナーに譲渡された。が、わたしがこの世代船にたどりついたのは、その後二百年が経過してからのこと。そして、われわれが銀河系への帰途につけたのは、さらにずっとあとだ。じつのところ、わたしはもっと友好的な出迎えを期待していたのだが。宇宙ハンザの宇宙船指揮官はみな、そのように疑り深く、無礼なのか？」

「わたしはただ、驚いただけで」アンジャ・ピグネルは、はっきりしないいい方で、「もちろん、宇宙ハンザの名において歓迎します。ですが、あなたの申し立ては、まず検証される必要があります。これほど長い時間がたっていますし……なぜ、映像通信ではないのでしょう？」

「残念ながら映像通信は故障している」と、アトラン。「セネカの機能障害が原因だ」

セネカという名前にランダルフはおぼえがない。

アンジャ・ピグネルは記憶バンクからデータをうけとっており、ランダルフはそのデータを自分のモニターに中継できた。そこに、はっきりと次のように読むことができた。

《ソル》は全長六千五百メートル。〝母船〟と呼ばれる、直径も長さも千五百メートルのシリンダーが中央部にある。〝ギャラクシス級コンビネーション戦闘母艦〟という名称の球型船ふたつはフランジを持ち、それぞれ直径二千五百メートルで、《ソルセル＝

1》、《ソルセル＝2》と呼ばれている。

各《ソルセル》の搭載艦船は、軽巡洋艦五十隻、コルヴェット五十隻、スペース＝ジェット百機、ライトニング戦闘機三百機……

データがモニターから消え、アンジャ・ピグネルがこう問うのが聞こえた。

「《ソルセル》のひとつがないのはどうしてですか？」

「《ソルセル＝2》は、はるか遠方にあるヴェイクオスト銀河の一惑星で難破した。われわれ、そこからやってきたのだ」と、アトランが返答する。「何カ月も前にそこを出発し、銀河系を見つけるまで迷いに迷い、疲労困憊《こんぱい》した。このような遅れもまた、セネカの機能障害のためである」

「セネカというのはあなたがたの船載ポジトロニクスですね」アンジャ・ピグネルは事実確認をすると、困惑ぎみに咳ばらいをし、「しかし、そういう細かいことは重要ではありません。ただ……これがどのような歴史的出来ごとであるのかは、わたしにもしだいにわかってきました。あなたが四百年以上もの年月をへて、もうとっくに忘れさられた《ソル》で帰還するなんて！　宇宙ハンザ創設の前に姿を消したのですよね、アトラン。あなたはとっくに伝説になっています。そのため、だれもあなたの名前を忘れていません」

「それはうれしい」アトランはどことなく作為的に聞こえる笑い声をあげ、「そういうことならもちろん、ことはスムーズになる。忘れられてしまい、帰るのが困難になるのではないかと心配していたのだ。ほかにもっと気にかかっていることがある。わたしが銀河系をはなれたとき、オービター問題はまだなかった。この件に関して、わたしがコスモクラートから聞いた情報はわずかばかり。当時どのように危険が回避され、どのようにして宇宙ハンザが設立されたのか、もちろん知りたい。それはかつての自由商人に似た組織なのか？」

「宇宙ハンザを知らないのですね？」アンジャ・ピグネルは驚いた。「では、わが船団が宇宙ハンザに所属すると、どのようにして知ったのですか？」

「いたってかんたんだ。きみたちの通信を傍受した」と、簡潔な答えが返ってきた。「しかし、こちらから質問する前に、《ソル》の歴史と、わたしの運命を話さねばなるまい」

極小モニターで見ていたランダルフでさえはっきりわかったのだが、アンジャ・ピグネルはすこしばかり当惑していた。アトランのあまりにもわかりやすい質問に対して、答えをひかえてしまったからだ。しかし、彼女がそれを挽回する前に、アルコン人はしずかな、淡々とした声で語りはじめた。

ランダルフは呪縛されたように耳をかたむけた。セト＝アポフィスの工作員がコンテナを探しにきたりすれば、自分が危険におちいることすら、忘れていた。

アトランは、二百年間のあいだに世代船《ソル》で形成された、奇妙な文明について詳述した。船内における主導権をめぐってさまざまなグループが戦いをくりひろげたことや、生存のために宇宙の真空を必要とする宇宙人間、すなわち〝ガラス人間〟が誕生したこと。かれらはバーロという名前の〝宇宙ベビー〟から発したという。

この導入部分が終わると、アルコン人が《ソル》に乗船することになった経緯と、二十年間の船内生活が語られた。その後、《ソル》は星間帝国クランドホル公国に到達し、双方……アルコン人と世代船……はそこで新しい使命を見つけたとのこと。

アトランはクラン人に助言する〝賢人〟となり、《ソル》は輸送船として用いられることになった。賢人は匿名の助言者としてクラン人の帝国に権力と領土拡大をもたらし、さらに二百年が経過した。そしてようやく自由をとりもどし、故郷をめざして銀河系への旅に出ることができた。しかし、セネカの障害のために半年間さまよった。

「われわれ、六カ月を無為についやした……しかし、いまようやくわが家に帰りついた」アトランは話しおえた。

「ようこそ銀河系へ」アンジャ・ピグネルはうやうやしくいった。「遅ればせながら申しあげる宇宙ハンザの歓迎の挨拶ですが、どうぞ心の奥からの言葉であるとご理解ください。さっそく、むだに失った時間を挽回し、リレー・ステーション経由でテラのハンザ司令部に通知します。ペリー・ローダンに……」

「いや、だめだ！」アトランはアンジャ・ピグネルの発言に割りこんだ。「それはわたし自身でやりたい。何百年も経過してわたしが帰ってくるなど予想だにしていないペリーの前に、どのように歩みより、再会を祝うか、ずっと思い描いてきたのだ。そのときのペリーの驚く顔を見逃したくない」

「よくわかります」と、アンジャ・ピグネルは応えた。

「とはいえ、わたしはテラナーたちに再会したくてたまらない。それは、わがソラナーにとってもすばらしい経験になろう。かれらは地球の人類に会いたくてうずうずしているのだ」

「あなたと個人的に知りあえるのは、わたしにとっても大変な栄誉です」と、アンジャ・ピグネルはいう。

「では、会おうではないか」と、アトラン。「いちばんいいのは、きみが信頼をよせる代表団といっしょに《ソル》にくることだ」

「はい、よろこんで」

「きみたちを迎えるために少々準備したい」アトランは、テラナーと再会するよろこびをみじんも感じさせない、感情のこもらない声でいう。「そのあいだにほかの船長たちと相談して、いつ会うかを決めればいい」

「すぐに報告します」《コロアード》の女船長は約束した。

会話が終わると、ランダルフはなぜか、旧知のふたりの会話を聞いたような感じをいだいた。たがいに一度も会ったことのない相手と話していたのだし、しかも、アトランの口調に個人的な感情がこもっていなかったにもかかわらず。

突然、ランダルフは、自分がさらされている危険を思いだした。

ひょっとすると、セト＝アポフィスの工作員がもうかくれ場に近づいているかもしれない。急いで外側マイクロフォンのスイッチをいれ、それらしい気配はないかと耳をそばだてた。

怪しい物音がたくさん聞こえた。

＊

そうしようと思いさえすれば、しずかな倉庫のなかでいかに多くの物音が聞こえるか、信じられないくらいだ。聞き耳をたてる時間が長くなればなるほど、緊張すればするほど、ますます多くが聞こえてくる。

どこかで突然、ぱちぱちと火花が飛ぶような音がした。それから、ぽきんとなにかが折れるような音。またその音がくりかえされ、かさかさいう音に変わった。静寂が高じると、ランダルフの耳のなかでざわざわと響くほどに聞こえる。

ランダルフは外側マイクロフォンのスイッチを切り、目の高さにある、こちら側からだけ透視できる窓ごしに観察することに専念した。自分の呼吸が不気味に聞こえ、もうすこし居心地よくしようと位置を変える。が、ほんのすこし動くだけで生じる物音が神経にさわった。

通信ネットワークに介入し、司令室で起きていることに参加して、気をまぎらわせようとする。

しかし、まったくなにも起きていなかった。もちろん乗員たちは、四百年以上も行方不明だった《ソル》やアトランの帰還に遭遇したことを話していた。ほとんどだれもが、これはまさしく信じられない偶然だといって驚いていた。とはいっても、《ソル》がさらに長く虚無空間を航行していたら、いつかべつのハンザ・キャラバンに出会っていたはずという反論もあり、驚きは若干弱められはしたが。また、《ソル》が《コロアード》に気づいたのは偶然ではなく、エネルギー吸引のせいだという事実を指摘する声もあがった。

それとともに、話題は、セト＝アポフィスの工作員による破壊工作へと向かった。ランダルフもすぐにそのことを考えはじめた。

司令室にアンジャ・ピグネルがあらわれるのを待ったが、あらわれない。ジャスパー・ベイズみずから《イントローラ》から呼びかけてきて、《ソル》に行くときは同行したいと申しでたが、ピグネルは応答しない。彼女がどこにいるのか、だれも知らなかっ

もわからなかった。ランダルフには、トルペクス商館チーフのフレム・サムヘイゲンがどこにいるのか

スバルヴォアのキャビンに連絡してみたが、いない。

カメレオン人はどこをうろつきまわっているのだろう?

ランダルフはもう一度、外側マイクロフォンのスイッチをいれた。

足音がしないか? ようやく聞きとれるかどうかの、用心した足音が?

外側からは窓があるようには見えないしくみになっている窓を通して、緊張して見つめる。突然、影が見えたと思った。

足音が近づいてくる。マイクロフォンは感知能力が高いので、靴底が床でこすれる音を増幅してとらえ……ランダルフの緊張もさらに増幅された。

靴音が左側からはっきり聞こえる。コンテナまできた。首をすくめた人影が窓ぎわをさっと通りすぎたのを見て、ランダルフは息がとまる思いだった。できれば叫びだしたいところだが、だれにも聞こえないだろう……せいぜい腕の長さくらいしかはなれていないところにいて、こちらの視界を横切った工作員にも。

しかし、それが亀の顔をしたスバルヴォアだとわかり、ほっとする。カメレオン人は、わたしをかくれ場から連れだすためにきたのだ。いや、そうではない。スバルヴォアはまた、こするような音をたてながら消えてしまった。

かわって、ずっと遠くからあらたな足音が聞こえてくる。そしてまたもや、ランダルフのかくれ場に近づいてきた。

この精神的ストレスに、これ以上もう耐えられないのはわかっていた。閉じこめられているのは、金輪際《こんりんざい》いやだ。結果がどうなろうと、かくれ場を出たい。

コンテナとコンテナのあいだに、ひとつの影があらわれた。

ランダルフは息をとめる。足音がやみ、影が停止した。すぐにまた、だれだかわからないその正体不明のものは動きだし、ほんの数歩進んだだけで、またとまった。

行動からも明らかなように、セト＝アポフィスの工作員はなにか特定のものを探している。それがなにか、ランダルフは知っていた。工作員が文字どおり目の前にいて、テスターを使ってコンテナの山を調べながら歩き、カタログナンバーZBV51の積み荷、〝マゼラン星雲での瞑想用石棺〟を探している……〝S＝A工作員センサー〟だと思いこんで。

工作員が姿をあらわした。

ランダルフは息がとまるかと思った。セト＝アポフィスの工作員だと思った人物は、アンジャ・ピグネルだった。女船長にしてキャラバン指揮官は、コンテナを見つけ、まっすぐ向かってくる。彼女がわたしの目を見ているみたいだと思いながら、ランダルフは窓ごしに見ていた。しかし、こちらのことは見えていない、そのことをかれは何度も自分にいい聞かせる。コンテナの外装は完璧な仕上がりで、外側から透視できない。それなのにランダルフは恐怖でいっぱいで、心臓が喉にまでつきあげてくる。

かくれ場の三歩手前で、アンジャ・ピグネルは立ちどまり、コンテナを探るようにじっくり見た。そのとき、不意の物音にびくりとする。

ランダルフにもその音は聞こえた。女船長が振りかえる。そこに動くものがあり、アンジャが驚いて、ある名前を呼ぶのが聞こえた。

「フレム・サムヘイゲン！　ここでいったいなにをしているのです？」

「きみを待っていた」トルペクス商館チーフは冷ややかにいった。その手にパラライザーが握られているのを、ランダルフは見た。

「わたしを？」女船長は驚き、それからわざとらしく笑い、「なるほど、そういうことね、わかったわ。あなたは〝S＝A工作員センサー〟を無効化しようとした。で、わたしがここにいたので、驚いたわけね」

「まったくその逆だ、アンジャ・ピグネル」サムヘイゲンは、恐ろしくおちつきはらって応じた。「残念ながらスバルヴォアはあまりに軽率で、センサーの存在を知らしめてしまった。わたしにしてみれば、ここで破壊工作者を待ち伏せる絶好のチャンスが提供されたわけだが。〝S＝A工作員センサー〟がなにに偽装されているか推測するのは、そうむずかしいことではない。ちがうかな、アンジャ・ピグネル？」

「かくれんぼはやめましょう、フレム・サムヘイゲン」と、女船長は答え、「だれに対してのお芝居かしら？　観客はいないから、わたしに対してね。こうなったからには、わたしをかたづけるってこと？」

その冷静さに、フレム・サムヘイゲンはあっけにとられたが、すぐに気をとりなおし、「すこし前からきみのことを疑っていたのだ、アンジャ・ピグネル」と、いう。「こうして正体をあらわした以上、〝S＝A工作員センサー〟で検査をうけるしかあるまい」

「同じくあなたもね！」

ふたりはたがいにかまえ、敵愾心《てきがいしん》を持って向きあっている。ここにきてまたランダルフは、どっちに味方したらいいのかわからなくなった。ただ、女船長が軽率な動きをし、フレム・サムヘイゲンがパラライザーを撃つことになるのを恐れた。

この緊張した状況に、スバルヴォアがいきなり跳びこんできて、

「恐ろしいゲームはもういい！」と、必死に叫ぶ。ふたりは驚いて振りかえり、同時にスバルヴォアの名を叫んだ。

「どうしてここへ？」アンジャ・ピグネルはカメレオン人をどなりつける。

フレム・サムヘイゲンはすぐに状況を把握し、非難するように、

「だれかを罠にかけるために、しくんだのか、スバル？」

「おおせのとおり」カメレオン人はおとなしく認める。「でも、思っていたのはこうい

う展開ではありません。わたしは破壊工作者をあぶりだしたかったのです。よりによって、あなたがたが好奇心をおさえられないとは思ってもいなかった」

「われわれふたりのうち、ひとりが工作員だということだってあるだろう」フレム・サムヘイゲンが女船長を見ながらいう。

「わたしはそうではないから、あなたしかいないんじゃないの」アンジャ・ピグネルはそう反撃して、カメレオン人を振りかえり、「つまり、ここに〝S＝A工作員センサー〟はないのね。だったら、このコンテナにはなにがあるの？」

「それは、マゼラン星雲での……」スバルヴォアはいいはじめたが、フレム・サムヘイゲンにさえぎられた。

「そんないいわけはいい。この石棺になにかをかくしているとわかるくらいには、きみのことを知っている」

「ばかげたことを、フレム」スバルヴォアは断言する。「ほんとうに〝マゼラン星雲での瞑想用石棺〟にすぎませんから」

「だったら開けられるわね」と、アンジャ・ピグネルがいい、さらにとどめを刺すように、「コンテナを開けなさい！」

命運がつきたと、ランダルフは覚悟した。スバルヴォアが鍵をごそごそやっているのを窓を通して見たとき、観念して目を閉じた。

「残念だ、若きハンザ商人」スバルヴォアはすまなそうにいって、コンテナの蓋を開けた。

「あら」アンジャ・ピグネルはあざけるように、「ここにいるのはいったい何者？」

「ランダルフ・ヒューメです。ハンザ司令部の秘密工作員にしてS＝A工作員の専門家でして」スバルヴォアは大げさにいった。

「ナンセンスはやめてくれ、スバル」ランダルフはそういうと、アンジャ・ピグネルに向かって、「ハンザ司令部でどうということのない仕事をしてましたが、くびになって、ひそかに《コロアード》に乗りこんだんです」

「セト＝アポフィスの指示でそうした可能性もあるわね」アンジャ・ピグネルは考えながらいう。

「ランダルフのことはわたしが保証します」と、スバルヴォアが大きな声でいう。「かれのためだったら、火のなかにだって手をいれますから」

「なんといおうが、この若者から目をはなさないようにするわ」と、女船長。「この件が完全に解明されるまで、わたしの監督下におく。ついてきなさい、ランダルフ・ヒューメ！　あなたのことはアトランと会ったあとで対処します。監視しておけるように《ソル》にいっしょに連れていくことになるかもしれない」

状況がちがっていたら、ランダルフは大よろこびしただろう。だが、こういう事情だけに、自問せざるをえない……女船長がじつは工作員で、証人である自分を近くに置いておき、チャンスを見はからって始末するつもりではないかと。

しかし、フレム・サムヘイゲンも負けず劣らず疑わしいし、スバルヴァアだって疑いがないわけではない。それどころか、自分がそうとは知らずにセト＝アポフィスの工作員になっている可能性だって、考えにいれておかなければならないのだ。グラヴィトラフ貯蔵庫の爆発を起こしたのは自分で、そのあと記憶をなくしたのかもしれない。

なんだってありうる。

かれら四人が司令室に到着すると、アンジャ・ピグネルと同行者を《ソル》に運ぶための、ジャスパー・ベイズを乗せた《イントローラ》の搭載艇がついたという報告があった。

ちょうどそのとき、またアトランから通信連絡があったが、あいかわらず映像はない。

「きみたちを迎える準備がととのった」アルコン人は事務的でよそよそしい口調でいい、さらに感情のこもらない話しぶりでつけくわえた。「地球の人類との再会が待ちきれない」

「こちらも準備が完了しました」と、アンジャ・ピグネル。そのときランダルフはまたもや、彼女とアトランのあいだに親密な関係があって、ある種の連帯感を持っている人々に見られる暗黙の了解があるかのような、漠然とした感じをおぼえた。

6

「なにを期待しているの？」アトランから、スプーディと戦うための助けを請われて、ゲシールはたずねた。「わたしになにができると？」

「きみのほうがよく知っているはず」と、アトラン。「わたしにわかるのは、きみが船内で唯一、まだなにかを成功させられる可能性のある人だということだけだ」

「突然それほどまでに、わたしを信頼してくれるなんて驚きよ」と、ゲシールは視線をうつしていく。アトランはその視線を追いたい誘惑にあらがった。どっちみち、彼女が見ているような領域にはいっていくことはできないのだから。

「状況のせいだ」と、アトランは正直に認めた。「はじめてきみがわれわれの側に立っていると思えたのだ。ほかのことはすべてたいした問題ではなくなった。それにきみは、われわれのなかでスプーディともっとも強い関係を持っている」

これは、アトランが長いこと何百万ものスプーディ群につながれ、クランドホルの賢人として、その伝播と拡散に責任を負っていたことを考えると、逆説的に聞こえる。

しかし、それはべつのスプーディだ。セネカを支配し、したがって《ソル》を支配しているスプーディは変質したもの。

「ええ、わたし自身、ここのスプーディには強い関心があるわ」ゲシールは認めた。なぜ関心を持っているのかくわしく説明するのを、アトランは期待した。しかし、彼女はみずから進んでそれ以上に話す気はないようだ。

「わたしといっしょにことにあたる気はあるか？」アトランはたずねた。

「それはできません」と、彼女は答える。「あなたのやり方には順応できない。わたしのやり方でしか、スプーディにかかわれない」

「ほかに手はないようだな」と、すぐさまアトランは、「なにをすればいいか、いってくれ。きみが指揮し、われわれがしたがう」

ゲシールはかぶりを振り、

「わたしだけでやりたいと思うの」と、いう。「このミッション、ひとりでやらせて」

アトランはすこしのあいだ考えた。ききたいことは数えきれないほどあったが、答えを得られるとは思わなかったので、きかなかった。ゲシールは、こういう状況にあっても、スフィンクスのように謎だらけだ。いまになっても彼女が問題にどう対処するつもりなのか、スプーディに対してなにをするつもりなのか、まったく見当がつかない。それにもかかわらず、彼女のやりたいようにやらせるしか選択肢はなかった。

「いいだろう」と、ついにいう。「きみの希望にしたがう」

「司令室をひきはらって」ゲシールはもとめた。「全員、出ていくように。わたしひとりにしてください」

こんどはアトランにためらいはなく、同意してうなずく。

「それはだめです」タンワルツェンが異を唱えた。「司令室を出るなんて、降伏と同じことです」

「いたところで、われわれ、端役にすぎない」と、アトランが、「一時的に司令室から撤退したからといって、大きなちがいはない。命令をくだすのだ」

「あなたは眩惑されています、アトラン！」と、タンワルツェンはいったが、それでも、司令室からの撤退を指示した。

ゲシールによせる信頼は、彼女の個人的魅力とはなんの関係もないということを、アトランはハイ・シデリトに納得させようとはしなかった。この女はスプーディの力を破る、唯一の、そして最後の希望なのだ。しばしばパラノーマルな才能を感じさせることがあり、その能力をスプーディに対して発揮できるかもしれない。

アトランの脳裏に浮かんで消えないイメージがある。ますます大きくなるスプーディ群の先頭にゲシールがいる図だ。彼女の呼びかけにしたがい、スプーディは全コンピュータ中継ポイントから、タンクへとともなわれていく……しかしそのイメージは、付帯脳の論理セクターにより情け容赦なく壊された。

〈現実にもどるのだ〉と、付帯脳が警告する。〈ゲシールに関して知っているすべてにしたがえば、彼女の特殊な才能は、彼女をスプーディに傷つきやすくするだけだと認識しなくてはならない〉

ゲシール自身、自分が置かれている状況をそうみなしたかもしれないと、アトランは思った。

ひろい司令室にいるのは、自分とゲシールのふたりきりだということに気づいた。ゲシールはいまなすすべがなく、保護を必要としているように見えた。

「いっしょにいてはいけないか？」と、アトラン。

返事はなかった。

「幸運を！」アトランはそういって、司令室をあとにした。もう一度、振りかえる。ゲシールの黒い炎が見送ってくれればと、望んだだけかもしれない。それは、彼女がアトランを意識していることをしめすものだろう。しかし、なんの合図もなかった。

アトランは、船の責任者たちが集まっている会議室に行く。スクリーンにはスイッチがはいっており、司令室の全景がうつっていた。そのなかにいるゲシールはちっぽけな虫のようだ。だれもひと言も発せず、重苦しい空気につつまれている。スキリオンの息子メルボーンがいつのまにやら責任者のなかにもぐりこんでいることに、アトランは気づく。かれの世代のなかではすっかり数がすくなくなった、バーロ痣《あざ》のあるひとりだ。この数週間、若者の周囲は非常にしずかになっていた。外見は恋人のカエラに一途《いちず》なように見えるが、メルボーンが以前と変わらずゲシールに思いをよせていることを、アトランは確信していた。かれがここにいるという事実がすでに、ゲシールの魅力から逃られないことをしめしている。

だれの目にも明らかなゲシールの敵である、メール・アスガルドもいた。だが、魅せられたようにスクリーンを見つめており、その顔つきからは、ほかの者といっしょに、ゲシールのことを心配しているのが読みとれる。

ゲシールは慎重に制御コンソールに近づく。まるで危険の源、敵に忍びよるかのように。数歩手前で、危険を慎重に検討するかのように、立ちどまった。次に片足を一歩前に出したとき、からだが震えたように見えた。また、立ちどまる。

アトランはこの瞬間、なにが起こっているのか推測できるよう、拡大映像でゲシールの顔を見られたらと思ったが、中継を管理しているカルス・ツェダーにあえて言葉をかけることはしなかった。

ゲシールはふたたびその場から動かなくなった。緊張しているのか、姿勢がこわばっている。いま、背中をまるめた。どこかでめりめりと音がして、司令コンソールの前の成型シートのひとつがひっくりかえるのを全員が目にした。シートは固定装置からかんたんにひきちぎられていた。

その直後にまた物音がして、ふたつめの成型シートが動きだす。不可視の力が背後から背もたれを打ち、シートを信じられない力で空中に数メートル投げとばした。

「ゲシールを呼びもどすべきです」タンワルツェンがしわがれ声で、「さもないと司令室がまるごと破壊されてしまいます」

アトランは手をあげて黙らせた。

司令室は突然いろんな物音で満たされた。見えない力が制御コンソールをでこぼこにすると、大きな金属音がした。一連のエネルギー性放電が計器類にはしり、ぱちぱちと音をたてる。

スプーディを連れだすのだ、ゲシール！　と、アトランは考えた。かくれ場からおびきだし、ひとつの大きな群れにして、タンクのなかにもどしてくれ！

ゲシールが床から持ちあがり、宙に浮いた。彼女のまわりでは破壊がつづけられている。しかし、その被害は限定的で、壊された装置は代用品倉庫で補完できる。

ゲシールは相いかわらず床上一メートルのところを浮遊している。不可視なものに打たれ、からだがぴくりとした。からだをよじり、空中で何度か宙返りをし、手足をばたつかせて床に落ちた。

すぐに立ちあがるが、不可視のものが顔面に命中し、頭がうしろにがくんとそった。

その瞬間、スクリーンが暗くなった。

「カルス、なにが起きた！」タンワルツェンが怒りもあらわに叫んだ。

「回路がダウンした」カルス・ツェダーは、必死にスイッチをいくつか操作しながらいった。「もう受信できない」

アトランはくるりと向きを変えると会議室を飛びだし、連絡通廊をぬけて司令室に駆けこんだ。ゲシールが心配でパニックに駆られる。

司令室に静寂と沈黙がもどり、パラノーマルな力は消えていた。

ゲシールは身をまるめ、制御コンソールの前で動かない。アトランは彼女のもとに急ぎ、身をかがめた。ゲシールの顔はいくぶん腫れぼったく、こぶしで殴られたような皮下出血した個所がふたつあった。手の甲にはひっかかれた跡がある。

「ゲシール！　ゲシール！」アトランは訴えかけるように、「わたしの声が聞こえるか？」

彼女は目を開けた。その目は涙でかすんでいる。

「怪物に勝つことができなかった」と、ちいさな声で、「怪物がスプーディを完全に支配していて……わたしの能力をはねかえす力をあたえているの」

「きみが深刻なダメージをうけていなければいいのだが」アトランはそういいながら、ひどく損傷した制御コンソールを見た。

そこにはスプーディが二匹いて、ぺしゃんこに押しつぶされていた。それが、ゲシールの成果のすべてだった。

数百万匹いるうちの二匹に勝《まさ》ったということ。

「わたしにはなにもできない」ゲシールはうしろめたそうにいって、立ちあがる。アトランは介助しながら、

「きみはベストをつくしてくれた」と、いう。これ以上悪くなりようがあるまい。この敗北の結果、コンピュータ・ネットワークからスプーディを除去するという最後の希望がついえたのだから。

タンワルツェンがそばにきて、報告する。

「船内通信システムが破壊されました。これでもう、ほかのセクションとのインターカム通信はできません」

＊

「ゲシールはりっぱな女性だわ」共有のキャビンに向かう途中で、カエラがメルボーンにいった。

あてこすりだと思い、メルボーンはかっとなりかけた。だが、カエラがさらに、

「わたしたちのためになにをするつもりだったか、わかったの。彼女はもうすこしで犠

牲になるところだったのよ。そのことを正しく評価すべきだわ」

メルボーンは無言でうなずいた。なにかまちがったことをいうのではないかと恐れ、コメントするのは避ける。いまだにゲシールに対して強い結びつきを感じており、かなり自己規制をして彼女を避けるようにしていた。過去の行為のいくつかを、いまは恥じている。だが、ひとつだけ、いまも確信していることがあった。

ゲシールは卓越した女性だ。だれがそれを否定できるというのか？

ふたりは、キャビンにつくまで、それ以上言葉をかわさなかった。

「アトランはスプーディのさらなる攻撃を恐れているわ……包括的な攻撃を」うしろ手で扉を閉めながらカエラがいった。

「わかっている」と、メルボーン。「グループで行動するように忠告していた。そうすれば、だれかがだれかに注意をはらえるからと」

メルボーンは、バーロ痣があるために夢中になったカエラのところに行き、腕をまわして抱きよせた。

「だから、ぼくらがふたりいっしょにいることにはなんの問題もない」

メルボーンは彼女にキスをした。そのさい、黒い炎を想像しようとしたが、うまくいかなかった。カエラを愛している。ゲシールとの関係はそれとはすこし異なるものだ。

「カエ、ぼくら、テラに行ったら子供をつくろう」と、耳もとでささやく。

「そうね」と、彼女はいう。「もう長くはかからないかも」

しばらくのあいだ、彼女はそのことに関しては話したがらなかった。バーロ人たちの運命にひどいショックをうけていたので。だが、いまは克服している。ふたりはしばしば、忌憚《きたん》なくこれを話題にすることができた……ゲシールのことを話すのと同じように。すべてうまくいっているということだ。

おたがいがいる、それで充分だった。スプーディの脅威すら忘れていられた。すくなくとも、ほんのすこしのあいだは。

このあと、ふたりして横になった。メルボーンはカエラのバーロ痣を愛情こめて眺め、うっとりと髪の毛をなでた。

不意に、彼女のうなじをごそごそと這うものに触れる。とっさに身をひこうとした。しかし、そのものの上に指をやった。

とりみだして、いきなりカウチから跳びあがる。それを見たカエラは、鋭い叫び声をあげた。メルボーンが右手を持ちあげて、なにかを床に投げつけている。それから床に置いてあったブラスターを手にとると、狙いを定めて撃った。正しく照準をあわせて発せられたエネルギー・ビームが命中して粉々にする前に、それがスプーディであることをカエラは見てとった。

「わたしのうなじでむずむずしてたのは……スプーディだったのね？」震える声でたず

ねた。

メルボーンはうなずく。

「きて」カエラは無理に笑いながら、「こんどはあなたのスプーディを探さなくちゃ」

事態は大変に深刻ではあったけれど、ふたりはこの作業に、いくぶん刺激的な要素も見いだしていた。メルボーンは、もう二度とおだやかな時間などこないんじゃないかとさえ考えたほどだ。

眠りにつくなんてことは、まったく考えられなかった。

いつしかふたりは自室キャビンにいることにもう耐えられなくなり、談話室のひとつに向かった。

そこにはあまりに多くの者が訪れていた。

＊

ウィット・ゴーガは、船内放送でアトランの呼びかけを知ったが、最後までは聞かなかった。スプーディがコンピュータ・システムに巣食ってセネカを操作していることを、アトランが明らかにしたとたん、怒声をあげながら飛びだしてしまったからだ。

これでなにもかもがはっきりした。どうしてまじめに整備してきたごみ処理装置が機能しなかったか、わかったのだ。

スプーディのせいだった。はっきりした話だ。

「くそったれの寄生虫どもめ！」怒りをあらわに叫ぶ。「目にもの見せてやる」

まずしたのは、ごみ処理装置をコンピュータ・システムから切りはなすことだった。そのなかにひそんでいるスプーディを隔離するためだ。それから、スプーディ駆除のために、次々とスイッチ・エレメントにとりくむ。

最初にとりかかったのは、主制御盤だった。エネルギー供給スイッチを切り、外装をはずした。しかし、スプーディの姿はない。重要な中継ポイントをすべて検証し、個々の導体も検証したが、どこにもスプーディは見あたらない。狐につままれたようだ。

突然、脚にむずむずした感覚があり、思わず掻こうとした。すると、なにかに触った。なにげなく見ると、床にちいさな昆虫に似たものがいて、逃げだそうとしている。

スプーディだ！

ウィット・ゴーガはそれを踏みつけた。きしむ音が耳にとどき、スプーディがもうけっしてだれにも悪さをしないようになるまで、ブーツで何度も踏みつぶす。

それからまた、ごみ処理装置の主制御盤に向かった。装置がまた作動するようになるかどうかは、どうでもよかった。ただ、この寄生虫をとりのぞきたいだけだ。

しかし、そのちっぽけなものを捕まえることができない。あいつらは身をかくして、自分の手のとどかないところにひっこむつもりなんじゃないか。そう疑ったが、あきらめなかった。確実に手を進めて、いつかきっと追いつめてやる。そのときのために、ふだんは作業場に吊るしてあるだけのブラスターを手にとった。

ついに見つけた。いちばん奥のすみのほう、コンピュータ・ネットワーク分配機のひとつに、房のようにつながってぶらさがっていた。ゴーガはほとんどなにも考えずに、ブラスターをかまえて撃つ。エネルギーの閃光がはしり……スプーディィの房は不格好な塊りになった。

不快なにおいが鼻をつき、急いで撤退しようとした。そのとき突然、脚のどこもかしこもがかゆくなった。かゆみが急に上にあがってきて、腰や胸にまで達した。

恐怖の叫び声とともに床に倒れこみ、必死になって上半身をたたき、床を転がりまわってスプーディィを振りはらう。こうして、なんとかかたづけることができた。

しかし、一匹のスプーディィが目的の場所……潜在的宿主の後頭部……に達して、そこに巣食った。ウィット・ゴーガはなにも気づかず、除去作業を進める。あれから一匹のスプーディィも殺せないまま、ただひたすら作業に没頭した。だが、やがて、さっきのスプーディィが頭皮下でかれを支配する。

ウィット・ゴーガは意識の変化を経験した。

突然、あらたな使命に目ざめていた。偉大な宇宙的計画の実現に向けて貢献できると知ったのだ。

ごみ処理装置なんかもう目ではない、除去作業はすっかりやめた。

それはちょっとした傑作だった。スワンとメール・アスガルドがいっしょにつくりあげた装置なのだが、ふたりともそれを誇りに思っていた。実質的に医療ロボットの監督下で、気づかれることなく透視装置をつくるのは、そうかんたんなことではないからだ。しかし、透視装置のスクリーンの前に立ったとき、ふたりはむきだしの恐怖に襲われた。

＊

スワンはアトランと話し、すべての医療ロボットがスプーディに汚染されているのを知った。だから、医療ステーションの患者はすべて人間の医者と看護師が診《み》るようにと指示していた。だが、これが最良の解決策でないことはわかっている。医療ステーション全体がスプーディに汚染されているのはまずまちがいないし、船載ポジトロニクスに接続されている装置の多くが、潜在的なスプーディ保持者でもある。唯一のたしかな方法は、ステーション全体を閉鎖することだろう。しかし、それは無理というもの。医療ロボットやコンピュータに依存している諸装置を、できるだけ人々から遠ざけて当座を乗りきるしかないのだ。

スワンはロボットの妨害をうけずに透視をおこなうため、治療室でテストケースを実行させることにした。医療ロボット二体に、これまで以上に緊急性の高い〝駆除作戦〟を命じたのだ。

医療ロボットにスプーディ一ダースが巣食っていたのなら、これほど驚かなかっただろう。ところが透視した結果、スプーディは文字どおり、頭から足先までびっしりつまっていたのである。医療ロボットの空洞部分の、どこもかしこも満たしていたのだ。

「わたしは汚染されていない」医療ロボットの一体に診察をうけたばかりの男がいっている。「そうでなければ、自分でわかる」

「わたしの頭のなかに、スプーディを一匹いれたりするなよ」と、もうひとりの男が冗談をいい、ふたりは笑った。

スワンとメール・アスガルドが透視装置で見たものを、そのふたりが見ていたなら、笑ってなどいられなかっただろう。まさにそのとき、医療ロボットはそうしたのだから。つまり、腕の空洞部からスプーディを一匹とりだし、男の頭皮下に埋めこんだのだ。

男はすこしだけぴくりとした。

「おい！　なにをするのだ？」

「スプーディの反応する分泌物が生成されないように、注射をしたのです」医療ロボットががらがら声でいった。「あなたはこれで免疫ができました」

ほんとうにそういう薬剤が必要だとスワンは思った。アイデアを現実化する道はまだ見えないが、あらゆる可能性を考えてみよう。

かれは驚く女医のホルスターからブラスターをぬき、「あの男たちをたのむ」と、いった。

メール・アスガルドは了解し、パラライザーを引きぬいた。合図のもと、ふたりは扉の向こうの治療室に突入。スワンは、男たちが麻痺ビームで倒れ、じゃまにならなくなるのを待ってから、医療ロボット二体に向けて発砲する。キャビンじゅうにもうもうたる煙と悪臭が充満し、熱で耐えがたくなるまで撃ちつづけた。スプーディ数ダースがロボット宿主から逃れるのを阻止することはできなかったが、大多数をやっつけた。

待合室の反対側の扉が押し開けられ、男女数人があらわれた。

「意識不明の人間がふたりいる」と、スワンはかれらに呼びかけ、「治療室から運びだしてくれ」

咳《せ》きこみながら煙を押しわけて進む。待合室で、パラライザーで麻痺させた男のひとりをひきうけ、スプーディから解放してやった。とりだしたスプーディを床にたたきつけ、ブラスターで撃つ。そのあいだにメール・アスガルドがもうひとりを処置した。

「医療ステーションからはなれるんだ」スワンは驚愕している男女にいう。「司令室の近くの談話室に行き、あらたな指示を待て。スプーディによる大々的な攻撃があるかもしれない。最悪の場合を想定しなくてはならない」

スワンには医療ステーションをひきはらう以外の選択肢はなかった。自身で患者の移送を監督し、司令室に使者を送り、アトランにことの顚末を報告した。

スワンが驚いたことに、医療ステーションからの撤退は、なにごともなくおこなわれた。排除された医療ロボットが姿をあらわすことはなく、スプーディがあらわれるかもしれないと注意していたが、たったの一匹すらも見あたらなかった。

予期していた潜在的宿主への攻撃もなかった。

そのかわりにセネカが接触してきた。

＊

「こちら、セネカ」船載ポジトロニクスの機械的な声が、船内放送で流れる。「わたしのプログラミングは、船の諸装置がこれ以上いわれなく破壊されるのを黙認することを禁じています。終止符が打たれないなら、処置を講じなければなりません」

アトランはこのまたとないチャンスをとらえ、セネカと接続し、

「われわれの行動が正当防衛に徹していることは、よくわかっているはず」と、コンピュータのマイクロフォンに向かっていった。「きみの全システムはスプーディに占拠され、その影響をうけている。もはや自己診断さえもできないのか？」

「つねに自己診断しています」と、セネカは答える。「わたしは完璧に正常です」

「きみは通信システムを、あまつさえインターカム・ネットワークをもオフにしたことを認識しているか?」と、アトランはたずねた。

「もちろん」と、明快な答えが返ってきた。「しかし、あなたがたがわたしの呼びかけを認識できているように、システムは機能停止したわけではありません。あなたがたに、本装置を使えなくさせているだけのことです。これは暴力行為を抑制するための最初の処置です。これ以上あなたがたが破壊行為をつづけるなら、さらなる処置を検討しなければなりません」

これは、アトランの耳には脅しに聞こえたが、気にしていられない。セネカとの接続を維持したい。たんなる時間稼ぎだとしても、なんらかの利点を得られるのではないかという期待をいだいてのこと……あるいは、すくなくともセネカからいくつかの情報をひきだすことができれば、と。

「あべこべだという認識はないのか、セネカ?」と、アトランがいう。「状況が激化したのは、楔型艦と連絡をとる可能性をきみが奪った〝あと〟だ。しかし、そもそもは、スプーディが消えたことにはじまる」

「それは関係のないこと」船載ポジトロニクスは答えた。「スプーディはタンクにいます」

その返答にアトランはあきれた。

「確認させようか」

「かまいません」と、セネカ。「警備責任者のミッチ・セグインに照会すれば納得してもらえますか？　インターカム接続を手配しますが」

「よかろう」アトランはかすれた声でいう。が、セグインと話すのが急に不安になり、スクリーンにうつる光景を恐れた。

「つなぎます」と、セネカ。

すぐにスクリーンは明るくなり、セグインが応じる。アトランが見るところ、変わったようすはなく、記憶しているセグインと寸分違わない。アトランが口を開く前に、セグインはざっくばらんな口調で、

「スプーディはぜんぶタンクにいます。誤警報にすぎなかったようです。これといった出来ごとはありません」

そういいおえたとたん、接続が切れた。アトランは茫然とした。セグインになにが起きたのだ？　スプーディの影響下にあるのか？

「これで安心ですか？」セネカがたずねた。「では、野蛮な破壊行為に話題を変えましょうか？」

「そうだな、その点を討議しようじゃないか」アトランはぼんやりしている。「その前にもうひとつ質問がある。きみは、楔型艦と通信連絡をとるチャンスをわれわれからと

りあげた。だが、その後、通信がなされ、活発な交信があったと確認している。どういうやりとりがあったのだ？」

「純粋に形式的なことです」と、セネカは説明する。「身元確認をあれ以上は先のばしにできませんでした。あなたの名において、わたしが代行しました」

「わたしの名でオービターと通信したのか？」アトランは驚く。

「楔型艦に乗っているのは、交易機構である宇宙ハンザ所属のテラナーでした」と、セネカ。「あなたがかれらと通信できなかったので、かわりにやりました。わたしがこの役割をこなせなかったのではないかと、懸念する理由はありません。宇宙ハンザの派遣団を《ソル》に招くのは、まちがいなくあなたの意向でもありますから」

「で、どうやってかれらをうけいれようというのだ？」いきなりこみあげてきた怒りのままに、「スプーディ群でも使うのか？」

「宇宙ハンザのメンバーがここにくるのですから、あなたがたで出迎えの用意をしてください」と、セネカはいう。「ですがその前に、船内に秩序をもたらす必要があります。それだけです」

アトランは目眩《めまい》がした。コンピュータのいう〝秩序をもたらす〟が、なにを意味するか予測がつくからだ。全員を待ちかまえているのは、セグインたちと同じ運命だろう。宇宙ハンザのテラナーが《ソル》に乗船を許可される前に、全ソラナーにスプーディが植えつけられるということ。早晩そうなるのではないかと、アトランはずいぶん前から危惧していた。それが、すこしでも遅ければいいと思っていたのだが。

アルコン人は急に呼吸困難になり、周囲のすべてがまわりはじめたように感じた。秩序をもたらす！　そのフレーズが心のなかで、あざけるように反響する。

時間稼ぎをするためにセネカを話にひっぱりこんだとき、かれは抜け目なくやろうと考えていた。だが、そのさいコンピュータは、包括的な攻撃準備をするために、ただひたすらこちらの注意をそらしていたのだ。

周囲を見ると、男女が気絶し、くずおれていく。ガスだ。空調システムを使ってセネカが流したガスがみるみる効いてくる。向こうのほうにロボットがあらわれるのが、靄《もや》を通してのように見えた。ロボットは乗員全員が意識を失うのを待つだけでいい。それからスプーディを埋めこむのだろう。

とてもかんたんなこと。

アトランは意識を失った。司令室の床にどのように倒れたのか、なにも認識できない。

それからほどなく、周囲にいた一体のロボットが、かれのところにやってきて、一匹のスプーディを植えつけた。

7

アトランは、しだいに意識をとりもどしてきた。

最初に考えたのは、総体としてのスプーディのことで、次に考えたのは……かれと強制的に共生関係になった一匹のスプーディのことだった。

意識を失ったまま長く横たわっていたわけではなく、ロボットがまだ修復作業に従事しているのを認識した。

ゲシールが〝怪物〟との精神的な戦いで固定装置からひきはがした成型シートが、もとの場所にもどっている。ロボット部隊はいま、破損した計器類やでこぼこになったコンソールの修復作業に忙しい。

アトランは立ちあがり、周囲を見まわした。ほかにも目ざめた者たちがいる。鈍い動作で立ちあがり、自分たちがすわるべき席をロボットが修理しおえるのを、ただ待っているように見える。そのうち全員が目ざめ、沈黙のグループにくわわった。話しあったりしない。起きたことは、かれらにとっては、なんら話す価値がないようだ。みんな変わってしまった。

アトランは、自分が状況を批判的に考えられたことに驚いた。希望の兆しが芽生えた。おそらく、わたしのスプーディは変質しなかったのだ！

しかし、この希望はすぐに消えた。精神のなかになにか未知なものがひろがり、自分をおさえようとしているのに気づいたからだ。アトランはほかの者たちのように自分自身の意志をなくしてはいなかったが、それは、強烈な個性、細胞活性装置、あるいは付帯脳に起因しているのかもしれない。しかし、それだけであった。批判的に考えることはできるが、思考して得られた結果を行動にうつすことができないのだ。

自分をごまかすことはできない。

タンワルツェン、ツィア・ブランドストレム、カルス・ツェダーが制御コンソールのまわりに立っている。出番を待つマリオネットみたいに。

テラの派遣団のことを思いだした。かれらはいつきてもおかしくない。アトランは思った。正体不明の意志に抵抗して、宇宙ハンザの派遣団に注意を喚起し警告することができるかもしれない。

ゲシールがあらわれる。アトランと視線がからみあうが、かれの意識のなかで黒い炎は燃えあがらなかった。スプーディはゲシールの炎をも消してしまった。彼女はアルコン人の前に歩みより、かれの目を奥のほうまで見て、

「あなたの目のなかには、以前のアトランのなにがしかが、まだあるわ」と、つかえながらいう。一語一語を絞りださなければならないように。

「あまりにもすくなすぎる」と、アトラン。

アトランは震えた。自分の状況のほうが、タンワルツェンやほかのソラナーたちよりも悪いと自覚したのだ。かれらは無批判に自分たちの運命をうけいれることができる。これは慈悲といえる。ところがアルコン人は、銀河系や人類が、回避することのできない、どういう危険に見舞われるかがわかるのだ。

「そしてますます、すくなくなっていく」と、アトラン。

そのとき、セネカの声が、

「宇宙ハンザのメンバーがくる前に、あなたがたにいくつか指示を出さなければなりません」と、いう。「船内の状況が変化したのは、偶然に変質したスプーディが自分勝手に行動したことに起因するものではありません。あなたがたはそう決めつけていますが、スプーディが変質したわけではないのです。スプーディは完璧な共生体で、超越知性体セト＝アポフィスに修正されただけのこと。スプーディは重要なミッションをあたえられ、セト＝アポフィスの意志をわれわれに伝達しました。わたしの処置はすべてそう理解してください。わたしはセト＝アポフィスの指示で行動しています。今後はあなたがたも同様です」

予想していたことではあるが、セネカにこうまではっきりと、スプーディがセト＝アポフィスの影響で変質したと聞かされたのは、アトランにはショックだった。

「驚いたよ」精いっぱいがんばって、この言葉を絞りださなければならなかった。「わたしは、人類の文明に新しい刺激と活力をもたらすために、スプーディをペリー・ローダンに贈るつもりだった。が、実際にはなにを持ってきてしまったのか？」

セト＝アポフィスのあらたな権力展開に力を貸すはめになるのかと考えて、アルコン人はぞっとした。しかし、恐怖はしだいに消えてきた。ますます自分を占拠していくちっぽけな共生体の影響なのだろう。

セネカの指示はつづく。

「宇宙ハンザの組織に関して、すべてを知ることが重要です。《ソル》が銀河系に飛び、テラに行くときには、あなたがたは深い知識を持っていなければなりません」

アトランは耳を貸すまいとした。できるだけ知っていることがすくないほうがいい。たとえスプーディに意志を奪われたとしても、自分は意図せず正体をあらわすかもしれない。そうすれば、宇宙ハンザのメンバーが疑いの目を向け、調査をはじめるかもしれないではないか。しかし……結局はかれらも、なすすべがないだろう。スプーディについてなにも知らないのだから……

アトランの希望は無に帰した。

「スプーディにどこかおかしなところがあるときみがいったときのことだが、ゲシール」と、やっとの思いでいう。「きみがいっていた怪物というのは、セト＝アポフィスのことなのか？」

ゲシールはうなずいた。その目にはしずめられることのない渇望のなごりがあった。彼女がしゃべりだすと、その声の調子はまたもや、重要なメッセージを伝えたがっている予感をアトランに呼びさますものだった。

「怪物の名がセト＝アポフィスだと、知らなかっただけ」と、いう。「怪物は有翼艦でスプーディの燃えがらにきたの」

アトランの脳裏に映像があらわれる。思いだした。《ソル》が出現したことで、有翼艦は、目的地であるスプーディの燃えがらに行かずに逃げた。しかし、逃走する前にすでに、スプーディにセト＝アポフィスの種をまきちらしていたのだ。

司令室の復旧作業と修復が完了し、ロボットはしりぞいた。

「わたしの側は、宇宙ハンザのメンバーをうけいれる準備が終わりました」と、セネカ。「あと必要なのは、わたしがかわした通信内容を伝えることです、アトラン。のこりの時間を、あなたに情報をあたえることに使いたいと思います」

アトランのなかで、かれ自身の意志の最後の火花が消えた。

＊

《ソル》の司令室は堂々とした規模だが、技術装置は古くさい感じがする。いまはもっとコンパクトな装置がつくられている。テクノロジーはさらに目的にかなったもので、機能的で、仕上がりはさらに完璧だし、デザインにしても魅力が増している。もっともデザインは、時代好みという問題であるかもしれないが。

ランダルフ・ヒューメは、こういったことを考えた。ただし、ちらっとだ。かれは感動していたし、アトランと会えるのをいまかいまかと期待して待っていたのだから。

「《ソル》へ、ようこそ！」

挨拶の言葉を述べた人物は、まさにランダルフの想像どおりだった。かつてホログラムやほかの映像で見たままだ。まったく変わっていなかった……驚くにはあたらない、細胞活性装置保持者なのだから。

派遣団は五十人からなっていたが、ランダルフが個人的に知っているのは三人だけだ。スバルヴァア、フレム・サムヘイゲン、アンジャ・ピグネル。ほか数人は《コロアード》の司令室で見かけたことがある。ジャスパー・ベイズとは、搭載艇で飛んでくるあいだに知りあった。

ベイズは長身でがっしりしている。赤毛、かっとしやすい性格……つまり胆汁質だ。

どことなくレジナルド・ブルを思いおこさせると、ランダルフは思った。

アトランはひとりひとりと握手をかわし、ちょっとした友好的な言葉をかける。ランダルフにはこういってくれた。

「わたしは過去、きみは未来だ。現在で会えたことは非常によろこばしい」

ランダルフは興奮のあまり、ほとんどなにもいうことができなかった。アトランが向こうに行ったとき、スバルヴォアがランダルフのそばにきて、ささやいた。

「アトランの声はすこし変わっていた。通信のときにくらべるとずっと親しみやすかった。偉大な人物だ。たとえ、わが種族を知らないとしても」

「知っていそうもないな」と、ランダルフ。「アトランが銀河系から姿を消したとき、あんたの種族はまだ宇宙航行をしていなかったのだから」

「しかし、いまはマゼラン星雲のナンバーワンだ」と、スバルヴォア。

「黙っていろ、スバル」フレム・サムヘイゲンが叱責した。

ランダルフはまたもや、サムヘイゲンは工作員なんだろうかと自問せざるをえなかった。しかし、それを考えれば考えるほど、セト＝アポフィスの工作員は《コロアード》にはいないと、強く思えるのだった。工作員が破壊行為でなにを達成したというのだ？《ソル》がキャラバンに気づくようにしむけただけではないか。それは、敵なる超越知性体にとって、よくないことだろう。セト＝アポフィスには、なんの得もないではないか?

「テラナーとの再会がはたせ、わたしにとっては感動的な瞬間だ」と、アトランはいい、クラン人の助言者としての二百年を、アンジャ・ピグネルにくわしく語る。どうしてそうなったのかという問いに対しては、こう答えた。「異種族を支援して星間帝国をつくりあげる手助けをすることへと駆りたてたのは、わたしのうぬぼれだったかもしれない。もう二度とそういうことはしない。もし可能なら、すべてを逆もどしするだろう」

これは、分別があり、おのれの過ちを認める偉大な男の言葉だ。

次は、アンジャ・ピグネルの番だ。最近四百年間のテラの歴史を語った。

「〝それ〟にうながされ宇宙ハンザが設立されたことが世間に知られてから、そう長くはたっていません」彼女はいうと、ジャスパー・ベイズのとがめるようなまなざしを無視する。ここにくるまで、ふたりのあいだで白熱した議論がかわされていた。ベイズは、宇宙ハンザの二重の役割に関しては、厳格すぎるほどに沈黙すべきだと忠告していた。かれが述べる根拠はこうだ。

「アトランにこのことを教えるのは、高位レベルの者にまかせるべきだ。そうするほうが賢明だ」

しかし、アンジャ・ピグネルのほうは、もうとっくに秘密でもなんでもない情報をアトランに伏せておくのは、おろかしいといった。フレム・サムヘイゲンでさえ、彼女と同意見だった。ランダルフもそれはばかげていると思う。ペリー・ローダンの親友に対して用心深すぎる。それにアトランは、銀河系への飛来時、交信を傍受してすべての情報を入手したはずだ。

ジャスパー・ベイズも自分の考えがまちがっていたことはわかったが、意地をはり、認めたがらなかった。だから会話にくわわらない。

アンジャ・ピグネルは宇宙ハンザの拡大政策について語った。これは、隣接銀河にもセト＝アポフィスに対する防塁をつくるための政策だ。

「そのため、われわれ、マゼラン星雲への影響力を増大させています」と、《コロアード》の女船長。「この数百年間、大小ふたつのマゼラン星雲はなおざりにされてきました。しかし、いまや、宇宙ハンザはマゼラン諸種族との通商関係を強化できています。セト＝アポフィスによるさまざまな妨害攻撃のせいで、若干の後退はありますが」

この発言をきっかけに、フレム・サムヘイゲンは、時間転轍機に関する一般知識と、とくにトルペクス宙域での被害に関して報告する。どうやって時間転轍機を破壊したか詳述し、最後に、

「わがキャラバンはトルペクスに荷を運ぶ途上です。商館はまもなく以前の重要性をとりもどしますでしょう。遅くとも一年後には、通商規模が以前の五倍になればと思っています。さらに、大マゼラン星雲の中心部に商館を一ダースつくる予定でして。カメレ

オン人は、われわれにとって強力な同盟相手になるものと思います。かれらは新興種族で、宇宙航行をはじめたのはほんの三百年前のこと。しかし、その発展への努力は、三十世紀のテラナーを思いおこさせます」

「カメレオン人には期待しています」アンジャ・ピグネルはとくに強調して、アトランにいう。アルコン人はうなずいた。

それから会話は、必然的に、セト＝アポフィスの工作員へとうつった。アトランがなかでも興味を持ったのは、どうやったら工作員を見分けて戦うことができるのかということだった。工作員問題が未解決であることを知っても、失望の色は見せない。潜在的工作員を早期発見する方策はないし、活性化された、あるいはふたたび不活性化された者をセト＝アポフィスの影響から解放することはできないのだと、アトランは知った。

その関連で、グラヴィトラフ貯蔵庫が空になった出来ごとも話題になった。これをアンジャ・ピグネルが些事《さじ》に見せかけたときは、ジャスパー・ベイズがにらみつけたが。

とはいえ、女船長も、工作員が破壊工作をしたのではないかという疑いがあったことは忘れずに言及したし、〝S＝A工作員センサー〟にからんだスバルヴォアの偽装工作のことも話して、人々の笑いをとった。ランダルフですら、耐えぬいた恐怖も忘れて、そのことでは笑った。フレム・サムヘイゲンが、トルペクス商館でマゼラン星雲担当の宣伝係として雇うと保証してくれたので、もはや将来に心配はない。ランダルフはそのことでは、とりわけスバルヴァアとの友情に感謝している……

「セト＝アポフィスは、《ソル》とハンザ・キャラバンが邂逅《かいこう》するのを妨げることに重きをおいていたのではなかろうか」と、アトランはいい、「しかし、そのことをきみたちがあらかじめ知るよしもないのだが」

これでこの話題は終わった。

「ペリー・ローダンはどうしている？」唐突にアトランがたずねた。その前からずっとランダルフは、かれはどうして友のことをたずねないのだろうかと、自問していたのだ。なぜアルコン人がこの問いを最後までとっておいたのか、だれにもわからない。

アンジャ・ピグネルは、宇宙ハンザ内でのローダンの役割をくわしく説明した。かれは推進力で、〝それ〟からライレの〝目〟を付与されており、交易組織の代表であると。

「わたしはテラでペリーに会えるのだろうか？」アトランがたずねた。

「いまはテラにいません」と、女キャラバン指揮官はいう。「極秘ミッションに出ています」

「これだけ長く待ったのだから、あとすこしくらい待てるさ」と、アトラン。すでにもう、べつのことを考えているようだった。どことなく客人の相手をするのがわずらわしくなったような、そんな感じがランダルフはした。アンジャ・ピグネルもそう感じているのだろう。アトランが《ソル》を案内すると申しでたのに、断ったのだから。

「われわれ、先を急がなければなりません。時は金なりです」と、弁明した。アトランはおおいに理解をしめした。

こうして《ソル》訪問は終わった。別れも心のこもったものだったが、明らかに出迎えよりあっさりしていた。アンジャ・ピグネルは、マゼラン・キャラバンができるだけすみやかにハイパー航行をこなさなければならないことを強調した。そうすれば、トルペクス商館は業務を全面的に再開できるようになるのだから、と。

アトランは、次にどこへ向かうのかはいわなかった。ただし、ペリー・ローダンを驚かせる楽しみがなくならないよう、ここで会ったことを当面は黙っていてほしいと、もう一度強くもとめた。アンジャ・ピグネルは約束した。

一行は搭載艇で帰った。

帰路、ランダルフは、アトランと会ったことが、夢だったのではないかという気がしていた。突然、現実でないように思われたのだ。アンジャ・ピグネルが、

「なんだか《ソル》での出来ごとがわたしのそばを通りすぎていったような感じだわ」

と、告白したとき、それはランダルフの気持ちを代弁していた。彼女はそれをジャスパー・ベイズにいったのだが、かれにも聞こえていた。「まるで、ほかのだれかがわたしのかわりに会談したかのような。わたしはまちがったふるまいをした、ジャスパー？」

「いや」《イントローラ》の船長はいった。もうかたくなな感じはない。すこしの間を

おいてから、「どんな会談だったかを、きみがあとから非難されるいわれはないよ。しかし、ちがう展開もあったかもしれない。まさかあの船が《ソル》で、われわれがアトランに会うことになるなどとは、思わなかった。しかし、よくいわれるように、終わりよければすべてよしだ」

アンジャ・ピグネルはなにもいわなかった。深く考えこんでいるように見えた。ランダルフはそれを気にしなかった。トルペクス商館につくのが楽しみだったから。《コロアード》に乗りうつる前のどの時点だったか、アンジャ・ピグネルがひとり言のように、こういっているのが耳にはいった。

「あそこにはなにかがあった。でも、それはなに？　いまはどこにいるの？」

それに答える者はいなかった。

＊

かれらは緊密な共同体だった。スプーディがそうさせたのだ。かれらはそのことを知っている。それだけではなく、自分たちを結束させている力についても、充分に。かれらはセト＝アポフィスの僕《しもべ》なのだ。それはスプーディのおかげである。スプーディはかれらを統制し、個人主義者の群れから一集合的チームをつくりあげた。かれらはそれを知っていて、感謝している。

かれらはみな同じだ。アトランからウィット・ゴーガにいたるまで。タンワルツェン、ツィア・ブランドストレム、スキリオン、スワン、メール・アスガルド、ゲシール、カエラにメルボーン……どういう名前だろうと、同じ波の上にいる。セト＝アポフィスの命令を受信している。

「気づきましたか、宇宙ハンザのメンバーのなかに盟友がひとりいたことに」タンワルツェンがアトランにいった。

「見おとしはしない」アルコン人は応えた。「その者がこの出会いの前提をつくったのだ。われわれですら、あのときはまだ、これが偶然でなかったとは想像していなかった。だが、セネカが教えてくれた」

「そのとおりです」と、コンピュータがいう。かれらの考えは、セネカと……船とひとつだった。船載ポジトロニクスはつづける。「いまから、われわれ、ともに行動します。われわれ、いまや宇宙ハンザの基本構成に関する情報を持っていますが、これでは不充分です。もっと知る必要があります。セト＝アポフィスの権力拡大を助け、われわれの目標を達成しようではありませんか。スプーディがそれを可能にしてくれます」

アトランは、自分がもともと考えていた計画を思いだし、

「わたしは、ペリーにスプーディを贈ることを断念しなければならなくなるかもしれない」と、いい、「だが、それはそのうち明らかになるだろう。われわれには歩みを綿密

に考える時間がある」

「そう、ペリー・ローダンよ」

ゲシールが口をはさんだ。目には、意志を奪われる前と同じ奇妙な表情があらわれていた。アトランもやはりその時期にすこしだけ逆もどりして、たずねる。

「ゲシール、きみはトーラの生まれ変わりなのか？」

「いいえ、わたしはセト＝アポフィス」

かれらはみな、セト＝アポフィスだった。アトランからウィット・ゴーガ、そしてセネカにいたるまで。

「われわれ、目標を達成する」アトランは確信に満ちた声でいった。「しかし、急《せ》いてはならない。とりあえず、銀河系へコースをとる」

セネカはすでにそのコースをプログラミングしていた。

エピローグ

運命の道とは、はかりがたいものだ……

自分は一生のあいだ、なにも特別ではないと、おまえは考えている、アンジャ。自分が平均的な人間となんら変わるところがないということにいつしか気づき、若いころの華々しい夢を葬った。やっとキャラバン指揮官にはなったが、本来めざしていたものにくらべれば、とるにたりない。結局のところ、〝なにかになった〟のだから、それで充分に満足なのだろう。おまえはそれを一生懸命がんばって手にいれた、アンジャ。苦労せずに手にいれられたものなど、なにひとつない……

そしてわずかのあいだ、あまりに短い時間、よりよいほうに転じたかのような、なにかが起きた。おまえにはぼんやりした記憶があるだけ。いや、それは記憶などではない。ほんの一瞬、使命を持ったというたんなる感覚だ。高次の者に招聘されたという、つかのまの夢である。

それは過ぎさった。もう忘れるのだ。

いままたおまえは平凡にもどっている。もうそのことを考えたりしない、アンジャ・ピグネル。しかし、心のどこかに、まだだれかが自分をふたたび思いだし、招聘するかもしれないという希望がのこっている。

あとがきにかえて

渡辺広佐

六月にアキレス腱を切って以来、どこにも遠出をしていなかった。

たまたま、「その後、足はどう」と、数年前に房総半島の勝浦に移り住んだ友人から電話があり、「来ないか」と、誘われる。渡りに船とばかりに、大学祭の休みを利用して出かけることにする。

JRの特急で行くつもりだったが、バスのほうが安くて、時間もそう変わらないというので、東京駅からバスに乗りこむ。

東京湾アクアラインははじめてで、海ほたるで短時間の休憩くらいあるものと期待していたのだが、たんなる乗り合いバスで、あっという間に通過してしまう。

昼頃、勝浦に到着。二十万円で買ったという友人の中古の軽自動車に乗りこみ、部原《へばら》海岸にある〈ラグタイム〉という店の、海を見渡せるカウンター席で昼食。タンタン麺好きの妻は、ご当地グルメということで――タンタン麺の似合わぬ店であったが――タンタン麺を注文した。私と友人は、ピザにする。サーファーには人気の海岸らしく、多くのサーファーがサーフィンを楽しんでいた。

食後、しばらく砂浜にすわって全身で海を感じる。「Das Meer ist keine Landschaft,《ダス・メーア・イスト・カイネ・ラントシャフト》 es ist das Erlebnis der Ewigkeit《エス・イスト・ダス・エアレープニス・デア・エーヴィヒカイト》（海は風景ではありません、永遠の体験です）」と、ハンザ同盟都市リューベック生まれの作家トーマス・マンが、『精神的生活形式としてのリューベック』という講演のなかで語っている。海をぼんやり眺めていると、たしかにそんな気がしてくる。ともあれ、私は、海から十歩のところで育ったせいか、無性に海が恋しくなることがある。このさいとばかりに、その渇望を癒す。

ぐるり海の絶景が見渡せるという八幡岬公園へ案内され、その後、鴨川方面へ。わざとそういう道を選んでくれたのだろうが、暗くてちいさなトンネルを抜ける。

名も知らぬ手掘りトンネル秋の海

〈主基《すき》〉というガラス工房で、グラス作りを体験。作り終わると、すっかり暗くなっており、大山千枚田のライトアップを見にいく。ライトアップも悪くはないが、できれば昼間来たかった。夕食は、〈笹元〉という寿司屋で、〈地魚おまかせコース〉をいただく。

二日めの午前中、妻とふたりで朝市へ。なんでも日本三大朝市らしいが、さびれている感じだ。平日なので、なおさらとのこと。朝食は、〈朝市新鮮広場うおすい〉でまぐろ漬け丼とつみれのみそ汁を。雛祭りの期間には、石段にお雛さまを並べる、遠見岬神社にお参りし、町を散策したあとは、〈ホテル三日月〉前の海岸で、海を眺めながらゆっくりする。

昼、〈竹乃内〉という海鮮料理店で、午前中仕事があった友人と合流。刺身も金目鯛の煮付けも旨かった。

麻綿原高原にある妙法生寺へ。途中、キジとキョンに遭遇。キョンを見たのははじめて。天拝壇と初日山からの眺めはすばらしい。犬を散歩させていた地元のお婆ちゃんに、「ここは紫陽花の名所だから、今度はその季節に来るといいよ」と、声をかけられる。

夕食には、友人の家の近くの大衆割烹の店で、ビールで喉をうるおしたあと、サザエの刺身やなめろうや鰹の酒盗などを肴に、日本酒をちびちびやる。

三日め、養老渓谷へ。粟又の滝（養老の滝）を見物。まだ、治っているなどとはとてもいえない足で、濡れた岩場を歩くのはかなり怖かったが、なんとかクリア。どうやら、そのときのようすが、何度かいっしょに山歩きをしたことのある友人の目には、相当に危なっかしくうつったようで、妻とふたりだけのときに、「なべ大丈夫なの」と、心配げにきかれたそうだ。普通のところだと、はた目には完治しているように見える足も、こういうところに来ると、すぐにおかしいとわかるのだ。ともかく、滝はすばらしかった。こういうの、マイナスイオンたっぷりというのだろうな。見物後、〈滝乃家〉という休憩所のような店でピーナッツのソフトクリームを食べていたら、テーブルの上に無造作に置かれた籠にちいさな蜜柑がいっぱいにもられ、その上に〈地みかん　ブゥラみかん　1ヶ10円〉という紙片がのっているのに気づく。聞いたこともない名前に惹かれ、試しに十個買う。

　　十円のブゥラみかんの土産かな

〈ゆい〉という古民家を改装した蕎麦屋で昼食。地元野菜の天せいろ（＋チーズ工房SENのチーズの天麩羅）を食べる。旨いそばだった。

その後、小湊鐵道《こみなとてつどう》の養老渓谷駅へ。駅前で、地元の人からポン菓子をもらい、五穀米の餅ややむ芋を購入し、友人と別れ、五井《ごい》へ。そこで、内房線に乗り換え、東京駅へ。

久しぶりの遠出を楽しんだ二泊三日の旅だった。

訳者略歴　1950年生，中央大学大学院修了，中央大学文学部講師　訳書『プシオン性迷宮』エーヴェルス＆フォルツ（早川書房刊），『ファーブルの庭』アウアー他多数

HM=Hayakawa Mystery
SF=Science Fiction
JA=Japanese Author
NV=Novel
NF=Nonfiction
FT=Fantasy

宇宙英雄ローダン・シリーズ〈536〉

中継基地《ちゆうけいきち》オルサファル

〈SF2109〉

二〇一七年一月十日　印刷
二〇一七年一月十五日　発行
（定価はカバーに表示してあります）

著者　マリアンネ・シドウ　エルンスト・ヴルチェク
訳者　渡《わた》辺《なべ》広《ひろ》佐《すけ》
発行者　早川　浩
発行所　株式会社　早川書房
郵便番号　一〇一-〇〇四六
東京都千代田区神田多町二ノ二
電話　〇三-三二五二-三一一一（大代表）
振替　〇〇一六〇-三-四七七九九
http://www.hayakawa-online.co.jp
乱丁・落丁本は小社制作部宛お送り下さい。送料小社負担にてお取りかえいたします。

印刷・信毎書籍印刷株式会社　製本・株式会社川島製本所
Printed and bound in Japan
ISBN978-4-15-012109-9 C0197

本書のコピー、スキャン、デジタル化等の無断複製は著作権法上の例外を除き禁じられています。